TAKE
SHOBO

裏切り王子と夜明けのキスを
原作では断罪される予定の彼ですが、今のところ私を溺愛するのに夢中です

七篠りこ

Illustration
SHABON

JN052694

MOON DROPS

裏切り王子と夜明けのキスを

原作では断罪される予定の彼ですが、今のところ私を溺愛するのに夢中です

Contents

イラスト／SHABON

裏切り王子と夜明けのキスを

原作では断罪される
予定の彼ですが、
今のところ私を
溺愛するのに夢中です

MOON DROPS

一　裏切り王子リーヴェスの秘密

アルニム王国第二王子、リーヴェス・アルニムの未来は今日も真っ黒だ。

（やっぱり見えない……）

シアナはリーヴェスの青く輝く瞳から逃れるように、そっと顔を伏せた。ちょうど自分の手が彼の骨ばった手を包み込んでいるさまが目に入る。全面ガラス張りの温室内とあって、彼が身につけた剣の柄に埋め込まれたラピスラズリが、朝の光を受けて輝いて見えた。

少し顔を上げれば、さきほどまで自分が切り揃《そろ》えていたハーブが作業台の上に散らばっている。魔術師として温室の植物の世話をしているシアナにとって、このくらいの乱雑さはよくあること。けれど、王子に見られるとなると話は別だ。

（あーもうっ、ハーブの作業は後回しにしとけば良かった！）

来るとわかっていたらきれいな状態にしておいたのに。シアナは苦い思いとともに目をそらした。

「どうかした？」

柔らかい声がかかり、ハッと顔を上げる。

リーヴェスの青みがかった銀髪が、首をかしげた拍子に静かに揺れた。彼にとっては作業台の状態など瑣末《さまつ》なことなのだろう。くっきりした形の目はいつも通り楽しそうな色をたたえている。

気さくな雰囲気でうっかり忘れそうになるが、彼は紛れもなくこの国の王子。その事実を改めて自分に言い聞かせ、シアナはごくりとつばを飲み込んだ。

アルニム王国で魔術師はごく一般的な職業である。城勤めができる魔術師は限られているものの、シアナは平民出身だし、魔術師としての地位も中位。第二王子ははるか遠い存在だ。

そんな自分が今、温室奥にある作業スペースでリーヴェスと向かい合っているのには理由がある。

それは、シアナが魔術師仲間に披露していた『占い』である。

指先に魔力をこめて相手の手に触れる。そうすると相手に関する映像が一瞬だけ頭の中に浮かぶのだ。たとえば、誰かと談笑して楽しそうな姿とか、何かをなくして困っている姿とか――ちょっとした未来の姿だ。その映像を元にどこか予言めいた内容を伝える。最初は魔術師仲間の間で盛り上がっていたものが、いつのまにか風の噂《うわさ》でリーヴェスの耳に届いたらしい。

三ヶ月ほど前に彼本人が、供もつけずに温室にやってきた。

近隣諸国よりも魔術の研究に力を入れているアルニム王国において、魔術師が秘薬作りに使うハーブや、魔術による生育の必要な特殊な植物を育てている温室は、城内の重要な施設の一つだ。十分な広さがあって天井が高く、シアナのような魔術師によって温度と湿度が管理されている。リーヴェスは魔術よりも剣術に傾倒していて、王国騎士団の部隊を率いる身として活躍しているため、この場所のことはよく知らなかったようだ。

「君の占いってすごく当たるんだってね。俺も一度占ってくれない？」

彼が初めて温室を訪れた時のことは今でも覚えている。自分に用事があると言われて、心臓が止まるかというほどに驚いたから。

その上彼は占いが気に入ったらしく、頻繁に温室にやってくるようになった。こんなふうに何度も膝をつきあわせることになるなんて、いまだに信じられない。

（そうだ、今は『占い』に集中しなきゃ）

シアナは気を引き締めて、ぎゅっとリーヴェスの手を握り直した。

「どう？　何が見えた？」

「あ、ちょ、ちょっと待ってくださいね！」

ごくんとつばを飲み込んでから、もう一度自分の魔力をこめてみる。けれど、魔力の量を強めてもやっぱり何も見えなかった。真っ黒だ。

シアナはちらりとリーヴェスの表情を確認して、愛想笑いをしながら、内心でがっくりと肩を落とした。

（なんで見えないんだろ。やっぱり知ってるから見えないのかな……）

そう。実は、シアナはリーヴェスの『遠くの未来』を知っている。彼の将来をことこまかに説明できるほどだ。

なぜならシアナはここが『本の中の世界』だと知っているから。

シアナは城下町に店をかまえる菓子職人の娘として生まれ、そのままのんびり暮らしていた。けれどある日『アルニム城』という単語を聞いた時に、雷に打たれたように『アルニム年代記』に関する知識がおりてきたのだ。

ここは全十巻からなる長編小説『アルニム年代記』の世界だ。魔術により栄えたアルニム王国の栄枯盛衰を各巻ごとに主人公を変えて描かれた物語で、自分はその結末を知っている。

頭に浮かんだのは、一心不乱にページをめくる女性の姿。とてつもなくこの世界に感情移入していたという強烈な印象も流れ込んでくる。その顔はおぼろげで、名前もその人生も思い出せないけれど、あれは前世の自分だということだけは直感でわかった。自分は転生して『アルニム年代記』の世界を生きているのだ。

（だとしたら……リーヴェスも存在してるの⁉）

物語の中で一番心に残っていた人物が、第二王子リーヴェス・アルニムだ。いくつかの巻で主人公として活躍していた彼は、とても魅力的だった。格好よくて、ひょうひょうとしていいかげんに見えて知的で、しかも強い。

けれど彼は第七巻で命を落とす。

その巻の主人公はリーヴェスで、父である国王の悪政を止めるため、有力貴族と組んでクーデターを起こすのだ。その鮮やかな剣さばきで、国王は一突きで絶命する。けれど結果的にクーデターは失敗し、リーヴェスは断罪される。

『たとえ裏切りの王子と呼ばれても、この国が生き長らえるならば、俺はそれでいい』

彼の最後の独白は、今でも心に残っている。彼が断頭台に上がる描写で七巻は終わった。

続く八巻で彼の兄、王太子のティハルトが新国王となり、その後のアルニム王国が描かれている。その治世が安定した形になって終わる最終巻まで読み切ったけれど、一番印象に残っていたのは七巻だった。

そんな彼はシアナの二つ年上、完全に同年代だ。もしもできるならば、彼の姿を近くで一目見たい。あわよくば……話をしてみたい。

シアナはその願いを叶えるべく両親を説得し、十六歳になった時に城の使用人の試験を受けたのである。そうしたら合格したのは、使用人ではなく魔術師協会だった。どうやら魔力のポテンシャルがあったらしい。

魔術師としての基礎知識を学んだ後、中庭の隅にある温室に配属された。魔術師が秘薬作りに使うハーブの管理や希少な植物を魔術で生育することが主な仕事だ。それから三年。こつこつと仕事をこなしながら、占いを始めたらリーヴェスの目に止まって……運がいいと自分でも思う。

(今日は議会がある日だったっけ……。ということは、城外だ)

リーヴェスとの交流が三ヶ月前に果たされて以来、シアナには次の願いができた。少しでも関わる機会が増えたなら、できるなら……。

（殿下のクーデターを止めたい）

シアナは原作の流れを知っている。議会はだめだ。リーヴェスに取り入ろうとする貴族たちがはびこっている。彼らは従順な支持者を装って、リーヴェスに『国王がいかに悪政を働いているか』『いかに国民が疲弊し嘆いているか』を吹き込む。あまり関わってほしくない人たちだ。

けれど、リーヴェスは第二王子という立場もさることながら、王国騎士団の幹部としても重要な人物だ。なかなか議会を欠席するわけにいかないのもわかっている。

シアナは苦々しい気持ちを押し殺して微笑みかけた。

「今日は馬上訓練が特に効果があがると思います。今すぐ遠駆けに出れば、何か珍しいものを見つけられるかもしれませんよ。あとはお忍びで城下町に視察に行くのもいいかもしれません。リーン通りの菓子屋の焼菓子がおいしいって評判です。今すぐ行かないと人気のパイは売り切れてしまうかも……」

無駄だとわかってはいたけれど『今すぐ』をつい強調してしまう。リーヴェスはそんなシアナの意図には気づいているのかいないのか、のんびりとした口調で言った。

「商売上手だなぁ。それってシアナの実家のことだろ？　確かにあのキャラメルパイ、すごくおいしかったよ」

「ありがとうございます！　この間殿下に焼菓子を褒められたって知って、父はあまりの喜びに熱を出したらしいです」

「……そう言われると、また食べたいなんて言いづらいな」

「えっ、あ、しまった！　大丈夫です、熱が出ても本望だと思いますから、何かの折にはぜひ！」

「ん、ありがとう」

　リーヴェスが笑みをこぼすと、青色の瞳がほのかな光を放ったような錯覚に陥る。その優しいまなざしにあてられて、シアナは思わず胸をおさえた。鼓動がうるさい。

（本当に反則級にかっこいい……）

　さすが原作小説でのメインキャラだ。オーラがある。

　深呼吸でざわつく心を整えていると、リーヴェスはふっとその瞳を曇らせた。

「今日は重要な議題があるから、議会を代理にまかせることはできないんだ」

　意味ありげな視線を向けられて、シアナは何度も瞬きする。

「この間、遠駆けをすすめられた日もそうだったな。その前もそうだ。……議会の日は決まって、シアナは俺を外に行かせようとする。他の日は絶対にそんなこと言わないのに」

（そうです、その通りです……っ！）

　今度は別の意味で脈が速くなってきた。

　単純にうなずいていいのかわからなくて、シアナは口ごもった。リーヴェスはシアナの反応を見て、確信を持ったようだ。

「やっぱりそうだったんだな。俺を貴族たちから遠ざけるのが狙い？　――その理由は？」

（言えるわけない！　クーデターに誘われないようになんて、とてもじゃないけど……）

　自分の視線が泳いでいる自覚はあったけれど、どうしようもなかった。

「こうして占ってもらうのもいいけど、そろそろ核心に近づきたくなったんだ。シアナ……君は何者？」

　リーヴェスは子供を落ち着かせるような優しい声音で言った。ただ、その内容は容赦なくシアナの隠しごとに切り込んでくるもので、また心臓が跳ねる。

「何者と言われましてもっ……ただの魔術師協会の下っ端ですっ！」

　焦ったせいで勢いこんで答えてしまった。リーヴェスから笑みがこぼれる。

「そんな言い方じゃ、動揺してますって言ってるようなものだって。――俺は知ってるんだよ、原作じゃ君のポジションには違う人間がいたはずだ」

「え……原作？」

　明らかにおかしな単語が飛び出した。シアナが目の色を変えたのを見て、リーヴェスは微笑みを深めた。

「じゃあ、今度はこう聞くよ。……シアナは『アルニム年代記』を知ってるんじゃない？」

「えええええっ⁉　な、ななななんでっ⁉」

　今度こそ、ありえない単語だ。思わずひっくり返りそうになって、椅子ががたんと大きな音をたてた。リーヴェスは口の端を上げて、少しだけ顔を寄せてきた。

「俺も『アルニム年代記』を知ってる。この意味、わかる？」

シアナは息をのんで、リーヴェスを見返した。

（ちょっと待って。殿下が『アルニム年代記』を知ってる……ということは⁉）

リーヴェスもこの世界が本の中のものだと知っている、ということだろうか。

そんなまさか。こんな重要人物が、原作を知っているなんて。

「で、殿下も……『アルニム年代記』を読んだことがあるんですか？」

「生前の愛読書」

「生前！」

「──ということは？　つまり？」

にこにこと朗らかな笑顔に、微妙な圧力を感じる。

（いやいや、まさか！　いやでも……⁉）

頭の中がせわしない。けれど彼にせかされて、シアナは観念した。

「殿下も……転生してきたみたいな……そんな感じですか……？」

「正解。しかも俺、リーヴェスとしての人生もう三回目だから」

「なっ⁉　ループしてるってことですか……⁉」

「そーなんだよ、なんでだか」

なぜかリーヴェスは満面の笑みを浮かべている。対してシアナの方は、衝撃の事実に大混乱だ。

(いやいやいや……そんなことある⁉　あるの⁉　え、ほんとに⁉)

絶句するシアナに対して、リーヴェスは身を乗り出してきた。何事⁉　とのけぞるシアナの手をとるから、ぴしっと体がかたまってしまう。リーヴェスは笑みを一層深めて、シアナの耳元で囁《ささや》いた。

「今晩時間ある？　俺たち、二人きりでじっくり話すべきだと思わない？」

＊　＊　＊

憧れの存在が自分と同じく転生者だった。

その衝撃に気もそぞろになってしまい、午前中の作業が終わったのは昼を大分過ぎてからだった。シアナはいつも使用人棟の食堂で昼食をとっているのだが、今日は時間が遅めということもあって人はまばらだ。

並んだ長テーブルの隅に見知った人物を見つけて、シアナは近づいた。

「お疲れ様、ファルカ」

シアナが向かい側の席に着くと、その人物――ファルカは顔を上げた。フードの下から赤い目がのぞく。人付き合いに積極的でない彼は、食事中もフードを目深にかぶっている。食べる時くらいは外したらと何度か言ったことがあるが、彼がそうしているところは見たことがなかった。

「……お疲れ様」

彼は気のない返事をして食事を続けた。メニューはシアナと同じく干し肉のスープと白パンのランチだ。まだ食べ始めたばかりのようで、スープからは湯気がただよっている。シアナもスープを口に含めば、程良い塩気と干し肉の風味が空腹にしみた。

「ファルカがこの時間に休憩って珍しいね」

魔術師協会の建物内にある書庫が彼の配属先だ。規則的に休憩をとっている印象があったので、会うとは思わなかったのだ。

「ちょっと魔術書の整理に時間がかかっただけ。シアナこそ、仕事忙しいの？」

「そういうわけじゃないんだけど……」

やるべき仕事量はいつもと変わらない。気づけばリーヴェスのことを考えていたせいで、作業が全然進まなかったのだ。ただ、それを正直に言うわけにもいかない。

言葉が続かないでいると、ファルカは短く息を吐いた。

「ま……考え事もほどほどに。上の空でいると、剪定《せんてい》バサミで自分の指まで切るよ」

「さすがにそこまでぼんやりしないよ。大丈夫」

「どうだか。傷が絶えないくせに」

「棘《とげ》のある植物が多いだけだって」

「注意すれば避けられるでしょ」

「……その通りです」

シアナは苦笑して肩をすくめた。彼の言葉は正論だから、いつも言いこめられてしまう。嫌な気分にならないのは、根底に彼が自分を心配していることが伝わるから。

出会った頃からそうだった。

魔術師協会に入り温室に配属されたものの、シアナは魔術を介して育つ植物の知識が皆無だった。そこで書庫に資料を探しに行って出会ったのがファルカだ。書庫番の彼は、ぶっきらぼうながらもシアナに必要な資料を一緒に探してくれた。困った時は彼に聞けば、迷惑そうにしながらも教えてくれる。人付き合いは苦手と聞いたけれど、いつのまにかシアナにとっては魔術師協会の中で信頼できる存在だった。

(もしもファルカに話したら、どんな反応するんだろ)

自分がこの世界に転生してきた人間だと言ったら。

リーヴェスのことはさておき、彼は信じてくれるのだろうか。

――とは言っても、世間話のように言えることじゃないし、不明点が多すぎる。

(そう、まずは今日の夜、殿下から話を聞かないと……)

シアナはどこかいぶかしむファルカの視線を受けて、ごまかすように微笑んだ。

＊　＊　＊

その夜。

一日の仕事を全て終えたシアナは、王宮に初めて足を踏み入れた。城勤めと言ってもシアナの普段の行動範囲は、温室と魔術師協会の建物、そして使用人棟である。王族が住み貴族が闊歩《かっぽ》する王宮なんて、同じ敷地内にあると言っても別世界だ。荘厳な装飾が施された扉を前にすると、嫌が応にも背筋が伸びる。その両脇に立つ衛兵にぎろりとにらまれて「ひえっ」と変な声が出てしまった。

「リーヴェス殿下からのご依頼品をお持ちしました」

あらかじめ与えられた口実を棒読みで伝え、リーヴェスから預かった鈍色に光るコインを見せる。獅子が彫られたデザインは普段シアナが使っている通貨ではなく「これを見せれば絶対大丈夫」と太鼓判を押されたものだ。

果たして、そのコインの効果は絶大だった。

衛兵はなぜかシアナに敬礼して、そこを通してくれたのだから。

（すごい……）

恐縮しながらその扉を抜け、言いつけられていた通りに最短距離でリーヴェスの部屋を目指す。道中で巡回中の兵士に咎《とが》められても全てコインを見せて乗り切ることができた。

そして目的地に着いた時、シアナは息切れしていた。

ひたすら階段をのぼって疲れたというだけでなく、緊張感からだ。王宮内はあまりにも上品で高級すぎる。絨毯《じゅうたん》ばかりの廊下を土がついたブーツで歩いてしまって大丈夫だったのだろうか。

（いやもうそこは考えない！　とにかく会わないと……！　あーもうこの部屋であってるよね？　部屋の前にネームプレート出してくれればいいのに！）

木製の大きな扉の中央には、真鍮《しんちゅう》でできた獅子《しし》が無機質な瞳でシアナを見つめている。廊下の奥から数えて二番目の扉で間違いはないはず。シアナはノッカーをそっと鳴らした。

『夜になったら俺の部屋に来て。人払いしとくから』

朝の温室で言われた言葉を反芻《はんすう》して、シアナは息をつく。好奇心と緊張感とが混じり合った不思議な感情だった。

間もなく重そうな扉が開いて、リーヴェスが顔を見せた。

「‼」

何よりまず、リーヴェスの身につけているものに目を丸くした。ブラウスにロングスカートという昼間と同じ格好のシアナに対して、リーヴェスはすとんとした薄い生地のシャツにズボンをはき、ガウンを羽織っていた。上質な仕立てであることはわかるけれど、普段見慣れた騎士団の隊服姿よりも大分くつろいだ格好だ。

「失礼します、殿下。あの――」

「待ってた」

がばりと扉が大きく開いて、リーヴェスに手を引かれた。それだけのことにドキッとしてしまうのは、あまりにも非日常すぎるから。

王子の部屋だけあって、室内は広く豪華だった。大ぶりなシャンデリアの光が室内を明るく照らし、テーブルや椅子に施された繊細な彫刻を際立たせる。奥に扉が見えるが、きっとその先は寝室なのだろう。

使用人棟にある自分の部屋とのあまりの違いに、シアナは言葉を失ってしまった。調度品の高級感もさることながら、立派な家具がいくつも配置されているのに空間に広がりがあって——シアナの部屋が四部屋くらい入るのではないだろうか。

「シアナ、こっち」

室内の様子に意識を奪われていたシアナは、リーヴェスの言葉で我に返った。いつのまにか窓際に移動していた彼は、テーブルに置かれたガラス瓶を、二、三度揺らして見せる。ガラス瓶には真っ赤な果実が沈み、澄んだ赤色の液体が揺らめいていた。これは中庭の一角で育てているマルベリーの果実酒だ。数ヶ月前に収穫を手伝ったのを思い出して、シアナはこくりと唾を飲んだ。

テーブルの上にはグラスが二つ。片方にはもう果実酒が注がれていることから、彼はここで晩酌を楽しんでいたらしい。テーブルをはさんで向かい合うように一人がけのソファが置いてあり、座るよう促された。

「シアナって十九歳だったっけ？　お酒は飲める？」

「あ、はいっ。たまに飲みます」

この国では十八歳で成人とされ、シアナもお酒はたまに嗜《たしな》む。エールなどの苦味のあるものよりは、果実酒やワインなどの甘い酒が好きだ。そこまで強いわけではないけれど、一杯で前後不覚になるほど弱くもない。

リーヴェスは空いているグラスに果実酒を注いだ。王子に酌をさせてしまったとシアナは慌てたけれど、リーヴェスは軽く笑っていなすだけ。

（もともと気さくだけど、部屋の中だとさらにだなぁ……）

おずおずとリーヴェスの向かいに腰掛けると、柔らかい座面に体が沈みこむ。その感覚は新鮮で、なんだか落ち着かなかった。温室にあるかたい椅子とは大違いだ。

「じゃあ早速本題に入ろう」

グラスを差し出され、恐縮しながら受け取る。リーヴェスの微笑みに促されるようにして、シアナはたずねた。

「えーと……改めて教えてください。殿下は私と同じで、転生してきたってことですよね？　『アルニム年代記』も読んだことがあって、しかも三回目の人生で……」

「その通り」

「うわーーー！　自分で言ってても信じられない！　そんなことあるんですか⁉」

「これがあるんだよ。でも俺と同じく転生してきた人間に会うのは初めてだ」

自分だって初めてだ。そんな意味をこめてうなずく。

「シアナのことは、なんとなく気になってたんだよ。原作では温室にいたのはむさ苦しいおっさんだったからさ。こんな変なところで原作改変なんてあるのか？　って思ってたら、今度は占いなんて始めてるし。これは何かあると思ったんだよ」

「……で、ですよね」

占いを始めたのは、城内の噂話を集めたかったからだ。

城勤めの魔術師や使用人は王族の噂話が大好きだ。事実、彼らは様々な情報を持っていた。たとえば、リーヴェスの好きな料理は鶏肉の煮込みだとか、王太子のティハルトは雨が降ると不機嫌になるとか――時折『最近、リーヴェス殿下とだれそれが仲がいい』というような、気になる噂も手に入れることができた。

「それにシアナの占いは、予言みたいだったから。しかもクーデター関係者から俺を遠ざけようとしてただろ。あー、きっとこれから起こることを知ってるんだなって思った」

「……素晴らしい推理力ですね」

「だろ？」

リーヴェスは嬉《うれ》しそうに口の端を上げると、果実酒をぐいっと飲んだ。

その笑顔は普段よりもリーヴェスの表情を幼く見せて、思わずかわいいと声が出そうになる。シアナはごまかすように果実酒を口に含んだ。甘酸っぱい味が口内に広がり、熟した果実を食べているような心地になる。砂糖の量を繊細に調節して作ったのだろう、甘すぎない風味がとてもおいしい。さすが王族のための飲み物だ。自分がたまにご褒美として街の酒屋で買う果実酒とは段違いだ。

甘い香りに誘われてもう一口味わう。それからシアナがリーヴェスを窺《うかが》うと、彼はじっとシアナを見つめていた。

「シアナは原作を最後まで読んでるんだよな？」

「はい。だから殿下のクーデターも、その結果も知ってます」

クーデターの原因は、国王の悪政だ。

十年前から続く隣国ユルへの外征は国民を疲弊させ、国力を低下させている。兵士として駆り出された多くの農民や職人が帰らぬ人となり、生産力が落ちたことで経済もまわっていない。

アルニム王国では国王が全てだ。議会はあるものの国王を諫《いさ》める力は弱く、現国王の暴挙を許している。このままでは斜陽の時を迎えるだろうというのが、先見性のある者たちの見方。その憂いを過激な方法で取り除こうとしているのが、宰相をはじめとするクーデター派だ。原作七巻でのリーヴェスは、迷いに迷ってクーデター派につく。そして、王太子ティハルトによって阻止されるのだ。

「結末まで知ってるなら話は早い。……なあ、シアナ」

リーヴェスの瞳がきらめき、その美貌が力強くシアナに迫ってくる。グラスを握る手に大きな手が重なり、ぎゅっと力がこめられた。

「俺のクーデターを止めてくれないか」

＊　＊　＊

翌朝、シアナは盛大に寝坊した。

リーヴェスが背負っていた事実について、夜が更けても思いを巡らせていたからだ。興奮していたせいか、浅い眠りとゆるやかな覚醒を繰り返し――ハッと飛び起きた時には太陽の位置が普段より大分高かった。

あわてて身支度を済ませ温室に飛び込むと、優しい同僚が先に作業を進めてくれていた。彼女に平謝りして仕事に励み、夕暮れの鐘が鳴って一日の仕事が終わった時には、普段以上に疲れていた。しかし、今日はこのまま使用人棟に戻って体を休めるわけにはいかない。シアナは気持ちを引き締めて、温室からほど近い場所にあるレンガ造りの建物へと足を運んだ。赤土色の外壁には蔦《つた》が絡まり、同じレンガ造りでも壮麗な外壁を誇る王宮とは一線を画す場所と示しているかのよう。人を拒むような雰囲気はないけれど、実際のところ用事のある者しか立ち入ることはない。それがシアナの所属する魔術師協会の本部だ。一階には各種作業部屋、二階は書庫、三階は幹部たちの個別の研究室となっている。

書庫の扉を開けると、入口すぐそばのカウンター机に向かっていたファルカが顔を上げた。彼の職務はこの書庫の管理で、訪れる者がいない時はひたすら魔術書を読みふけっていると聞いたことがある。

「珍しいね」

濃緑色のローブを羽織り、相変わらずフードを目深にかぶった書庫の番人は、大して驚

いた様子も見せずに言った。書見台に置かれた魔術書にしおりをはさみ、面倒くさそうに立ち上がると、シアナの前に一枚の紙を置く。

「書庫の使い方覚えてるよね？　利用票に名前書いといて」

「もちろん覚えてるって」

シアナは明るく答えて指示に従う。記入した利用票を渡すと、彼はそれを引き出しにしまい、再び腰をおろして魔術書を読み始めた。あとは好きに閲覧しろということだ。

ただ、今日の用事には彼の協力が必要だ。彼がまた本の世界に没頭する前にと、シアナは声をかけた。

「ねぇファルカ。禁書庫に入りたいんだけど、いい？」

「は？　なんで？」

フードで顔は隠れているが、ファルカが顔をしかめたのはわかった。露骨にいやそうな声だったから。

書庫には、基本的な魔術の仕組み、その種類、魔道具についてや魔術をこめた秘薬の作り方。開架書庫にはそういう安全な魔術書が並ぶ。そして、気軽に触れてはいけない世界――禁魔術や呪いなど物騒な魔術に関しての本は、書庫の奥にひそんでいる。それらを読むには、ファルカ《書庫番》の許可が必要だった。

彼がいぶかしむのも当然のことだ。

普段シアナはあまり書庫を利用しないし、行ったとしても植物や秘薬の本を求めるくらい。そう熱心な書物の虫ではない。

「いやあのね、ちょっと呪いについて調べたくてさ」

軽い口調になるように言ったけれど、ファルカの赤い目は剣呑《けんのん》な光をたたえた。

＊　＊　＊

昨晩、リーヴェスから自身の起こすクーデターを止めたいと言われた時。

「止めましょう！」

シアナは迷わずにそう答えた。

「えっ、本当に⁉　即答⁉」

シアナが二つ返事をしたのが意外だったようだが、シアナからしたら願ってもない話だ。

だってリーヴェスというキャラクターが好きだったから。

彼が苦渋の決断でクーデターを起こした時も、最終的に断罪された時も、切なくて胸が締め付けられたのだ。彼が生きながらえる未来を何度妄想したかわからない。

(もしも原作を変えるチャンスがあるなら、殿下に生きてほしい)

そう言うとリーヴェスはぱあっと光り輝くような笑みを見せてくれた。

「俺の中で、一つの推理があるんだ」

都合三回目のリーヴェスの人生。

一回目は、何も知らぬまま原作通りにクーデターを起こして、断罪エンド。

二回目は、前世の記憶《原作》を持っていたから立ち回りを変えたところ、何者かにあやつられて結局クーデターを起こしていたというのだ。

「あやつられた……!?」

「そう。残念ながら手口は全く覚えてない。クーデターの三日前くらいかな。普段通りに寝て、次に起きた瞬間には俺が父上を殺した後だった」

「人間をあやつるような魔術があるのかもしれないですね。魔術っていうより、呪いとか禁魔術の方が近いのかな……調べてみます」

シアナが言うと、リーヴェスは少しだけ目を見開いた後に微笑んだ。

「話が早くて助かるよ」

＊　＊　＊

そんないきさつがあって書庫に調べにきたのだ。ただ、おいそれと理由を話すわけにもいかない。

ほほにらんでいると言ってもいいくらいのファルカの視線の強さに、シアナは苦笑いして用意していた嘘《うそ》を続けた。

「実は私の親戚の子が、通りすがりの魔術師に呪いをかけられちゃったみたいで……」

「どんな呪い？」

「自分が自分じゃなくなっちゃうみたいな……こう、誰かに乗っ取られるみたいな……」

ファルカの視線はどんどん厳しくなっていく。口元はへの字になって、腕組みまで始めてしまった。

（うっ……これはかなり苦しかった……⁉）

じろじろと視線で『本当かよ⁉　嘘じゃないの⁉』と問い詰められているようだ。彼は無口だが、いつもこうして視線で語る。もう三年の付き合いになるシアナは、だいたい彼の感情を読み取れるようになっていた。

けれど、ここで引くわけにはいかない。なんとしても禁書庫で資料を見つけ出さないといけないのだから。

「その子を助けたいの。すごく不安みたいだから……」

「……多分もうその子、解呪《かいじゅ》はできないと思うよ」

しかし、ファルカは潔いくらいにそっけない。

「呪いは術者にといてもらうか、目的が達成されないと終わらない。その子のそばにもう魔術師いないんでしょ？　その子が呪いの内容を知ってればまあ可能性はあるけど」

「なるほど……さすがファルカ、すばらしい知識量だね！　でも自分でも色々調べたいから……」

「だから無駄だって言ってる。それに閲覧した資料は全部記録に残るんだよ。呪いなんて調べ始めたら、危険思想の持ち主って思われるかもしれない」

「そのあたりは気にしないから！　ねっ、お願い！」

「気にした方がいいと思う。上に目をつけられたら面倒だよ」

「大丈夫だってば！　――ていうか、別に申込書に名前書けば入れる決まりでしょ。とにかく本を探したいの、申込書ください！」

「でも――」

「あーもうっ、本人がいいって言ってるんだから、いいかげん出してよ！」

シアナの真剣さがようやく伝わったのか、深いため息とともにファルカは禁書庫に入るための申込書を取り出した。それに嬉々《きき》としてサインを終えると、彼はもう一度これみよがしなため息をついた。

「シアナって頑固だよね」

呆《あき》れたような諦めたような呟《つぶや》きを漏らしつつも、ファルカは引き出しから鍵束を取り出して立ち上がった。緩慢な動作にやる気がないのが見え見えだけれど、とにかく開けてもらえさえすればいい。ファルカは書庫の奥にある扉の鍵を開けて、シアナに入室を促した。

ここからは禁断の魔術書の世界。

普段なら立ち入るなんて考えたりもしない分野だけに、胸がざわついてくる。禁書庫は書庫の半分以下の広さで、本棚の数もそう多くない。ただ、その全てが古い本のようで、古代文字で書かれたものも多かった。ファルカに借りたランタンを手に、本の背表紙を確認していく。まずは基本的なことが書かれているものがいい。ずらりと並ぶ本を一冊ずつ確かめ続けて、ようやくそれらしき本を見つけた。タイトル表記はないが、紺色の表紙には人間の苦しむ姿のシルエットが何パターンか描かれている。しかも血の染みのようなどす黒い汚れがこびりついていて、持つだけで呪われそうなおどろおどろしい本だ。

開いてみると、前半は呪いについて体系的に説明されていて、後半は具体的な呪いの方法が書いてあるようだった。ところどころ古代文字が使われていて読み取れないが、ここまで見てきた中で一番可能性を感じる本だった。

（よし、とりあえずこれにしよう！　読んでみてつまずいたら別のにすればいいし）

その本を抱えて禁書庫を出ると、ファルカはシアナの手にした本を見て顔をしかめた。

「よりによってまた……ものすごいの選んできたね」

「パラパラめくった感じ、入門書っぽい感じがしたから！　ファルカも読んだことある？」

「ある」

「ほんと⁉　じゃあ……」

「中身については何も言わない。それこそ呪われるから」

「ぎえっ‼　そうなの⁉」

シアナはぎょっとして本をまじまじと見つめた。本から特に魔力を感じたりはしないけれど、読むだけで呪いがかかってしまうということだろうか。

「嘘に決まってるだろ。ただの本だよ」

「なんだ……おどかさないでよ」

「――読むのはここでだけね。貸出禁止」

それからまた一枚の紙が差し出される。閲覧票だそうだ。これでシアナは『呪い』に興味を持つ魔術師の一員である。

「ありがと！　じゃあ読んでくる！」

声を弾ませるシアナに対して、彼は最後まで苦々しい表情だった。

二　ひそかなデート

仕事の後にあの呪いの本を読みに書庫へ行く日々を始めて一週間。前日の知識を忘れないように呟《つぶや》きながら、シアナは朝の作業を始めていた。

「呪いとは……とりあえずすっごいたくさんの魔力が必要である……」

気をぬくとかすむ目を乱暴にこすって、シアナは指先から魔力を迸《ほとばし》らせた。ほのかな黄色い光が青々とした葉にふりかかり、その筋がピンと張って行く。それを一つずつの鉢植えに続けて数十個分。全て終わった時にはフラフラだった。けれど温室内にはまだ魔力供給が必要な植物はたくさんある。

「うー……睡眠不足……」

シアナは大きなあくびをしてから、温室の奥へと進んだ。

毎日日付が変わってファルカに追い出されるまで滞在しているせいで、完全に睡眠時間が足りない。だというのに、あの本ときたら内容が難解すぎて、ほんの少しずつしか読み進められないのだ。一週間でわかったことといえば、呪いをかけるには膨大な魔力と、魔術への深い造詣が必要だということ。どんな高等の魔術を使えても、呪いとなるとまた仕組みは違うらしい。

「こう……簡単に答えがあるページにたどりつきたい……」

目次を見ても専門用語が並びすぎていて意味がわからない。完全に苦戦していた。

（『私が調べます！』って大見得きったのに、今のままじゃ何も報告できることがないっ）

いっそ今日は巻末から読んでみようか。都合のいい結論が書いてあるかもしれない。

植物たちへの魔力供給を終えて、中休みがてら作業台へと向かう。椅子に座って作業台へつっぷすと、すぐに睡魔がやってきた。もうこのまま仮眠をとってしまおうとうつらうつらして……。

「おつかれさまー」

突然ぽんっと肩をたたかれ、シアナは飛び起きた。

「わぁっ！　ごめんなさい！　もうちょっと待ってください！」

勢いよく起きたせいでぐわんと頭が揺れて、視界がぼやける。どのくらい寝てしまったのだろうと焦るシアナの背後で、明るい笑い声が響いた。

「でっ……殿下⁉」

そこにいたのはリーヴェスだった。

そう、ではあったのだけれど——。

「その格好……」

普段のようなカチッとしたジャケットを羽織るでもなく、騎士団服でもない。シアナの実家の近くでよく見かけるだぼっとしたチュニックに茶色いズボン姿という平民の格好に、えんじ色のマントを羽織っていた。しかも魔術で髪の毛を明るい茶色に変えている。その美しい顔はごまかせないけれど、とりあえず平民の擬態はできている。マントのフードをかぶれば、誰も彼が王子だとは気づかないだろう。

「約束だっただろ？　シアナの実家に焼菓子を買いに行こう」

リーヴェスは人差し指を口元にあて、ひそやかに笑みを浮かべた。

「そ、そんな約束しましたっけ？」

確かに実家の営業はかけたけれど、一緒に行こうとは言っていない。けれどそんなことは言えない雰囲気だ。第一リーヴェスの方はもう準備万端である。ここでシアナが断る選択肢なんてない。

（そうだ、殿下ってこういう人だった）

城内はかたくるしい、執務室は居心地が悪いと、訓練場や厩舎《きゅうしゃ》にいりびたったり、こんなふうに変装して城下町に繰り出したり。原作の中で何度もそんな描写を見てきた。そういう自由奔放さが魅力の一つだったのだ。

普段よりも何倍も柔らかく身近な空気感に、シアナはどこか心が浮き立つのを感じながら立ち上がった。

＊　＊　＊

アルニムの城下町は露天商や商店が並ぶエリアと、様々な職人たちの工房が並ぶエリアに分かれている。シアナの実家である『菓子屋・小鳥亭』は、商店エリアの中心を走る大通りから一本入った先にある。そこそこ広い道沿いにあるので馬車も止まりやすく、まあまあの立地だった。求めやすい価格で素朴な味の焼菓子はけっこうな人気があるらしい。

二階建てのこぢんまりとした家。その一階部分が『小鳥亭』だ。今日もいつものように、店の名前と空を飛ぶ一対の鳥の図柄が彫られた看板が出ている。月に一度は顔を出しているから、たいした感慨もなくシアナは白木の扉を開けた。からころと鳴る明るい木製音飾りの音色は今日も変わらない。

店内に一歩入ると、ちょうど親子と思しき二人連れが店を出ようとしていた。買い物が終わったところのようだ。二人の表情は明るく、少女は大事そうに紙袋を抱えている。彼らはシアナ達をちらりと見たが、この国の第二王子がいるとは全く気づいていないようだった。

「ありがとうございました！」

白いエプロンをつけた女性——シアナの母である——が、軽やかな足取りで出て行く二人を見送る。その後でシアナ達に視線を向けた。

「いらっしゃいませ。……あら、シアナ。どうしたの？」

まるっとした顔をほころばせて、母はシアナの元へとやってくる。シアナは一度リーヴェスを見上げてから、母に微笑んだ。

「ほら、前にリーヴェス殿下がうちの焼菓子を美味しいって言ってくれたって話したでしょ。その時、いつかお礼が言いたいって言ってたじゃない？」

一ヶ月ほど前の話だ。リーヴェスを占う際に、お茶とともに実家の焼菓子を出したことがあった。中でもリーヴェスはキャラメルパイを気に入ったようで、さかんに褒めてくれた。それが嬉《うれ》しくて、後日両親に伝えたのだ。その時に母が言っていた願いが、今日叶《かな》う。

「え？　急にどうしたの？」

合わせるようにリーヴェスがフードをおろすと、母は目を見開いた。

「ちょっとシアナ、もしかして……」

「この間はおいしい焼菓子をありがとう。キャラメルパイはまだあるかな？」

「ま……待って。本当に……？　でも髪の色が……」

「魔術で変えてるの。でも本当にリーヴェス殿下本人だから――」

「それはっ……お待ちくださいっ!!」

シアナの言葉を遮って母は勢い良く頭を下げると、あわてて奥へと駆け込んで行った。

「あなた！　あなたーーー!!」

姿を消した先でもドタンバタンとものが落ちたり、何かぶつかる音がする。夫婦ふたりで慌てすぎである。

「びっくりしすぎですね……。言わない方が良かったかもしれません」

シアナは両手で顔をおおって、はーっと息をついた。

「そんなことないさ。シアナの両親には挨拶したいと思ってたし、ちょうどいい」

「挨拶なんてそんな……」

「だってシアナは特別だから」

特別、という響きに胸が高鳴る。その余韻にひたりかけたところで、ドタバタと両親が戻ってきた。

「娘がいつもお世話になっております！」

母と揃《そろ》いのエプロンをつけた父は、リーヴェスを見るなり直角に腰を折り曲げた。

「顔をあげて。シアナにはこちらの方がお世話になってるよ」

リーヴェスが明るく笑って声をかける。言われるがまま両親は顔をあげたけれど、その表情は驚きに満ちていた。無理もない。魔術師協会の下っ端として働いているはずの娘が、突然この国の王子を連れてきたのだから。

かしこまった場の空気を変えたくて、シアナはショーケースに視線をうつした。

――と、そこで違和感に気づく。

「あれ？　今日はクッキーだけ？」

普段ならば十種類くらいは置いてあるはずのショーケースにあるのは、クッキーのみ。マドレーヌも、パイも、カップケーキも、タルトも、ない。

「ああ、本当だ。来るのが遅かったか」

「そんなことは……」

　全て売り切れるような時間帯ではない。不安が心を覆いかけた時、再び両親はそろってリーヴェスに頭を下げた。

「申し訳ございません。今日はそこにあるクッキーしか売り物がないんです」

「最近人手が足りないからって町外れの牧場からバターが全然まわってこなくて、普段通りの品揃えとはいかない状態でして……」

　先月の議会で年明けに隣国ユルへの外征が決まった。十年前から始まった外征もこれで四回目である。それまであと六ヶ月。城下町の住民たちには続々と召集令状が届いているはずだ。早い者は攻撃の準備を整えるため、先発隊としてもう出立させられている。そんな話を確かにシアナも聞いていた。

　スカスカのショーケースを見た時の不安が、みるみるうちに輪郭を持っていった。

「そっか……牧場の息子さん、徴兵されたんだね」

　シアナが呟くと、父が顔をあげてうなずいた。他にも主要産業を支える若手が続々といなくなり、同じように困っている店は多いという。

「今からやぐらを作らせたところで無駄なのに……」

　かすかな独り言は、きっと両親には聞こえていない。けれど隣に立つシアナには聞こえた。その声の悲痛な響きまで感じ取ってしまった。

「それなら今日はクッキーをもらおう」

両親がしきりに謝罪するのを遮って、リーヴェスは柔らかい声で告げる。けれど、母は恐縮した様子で首を横に振った。

「こちらもバターがないため、苦肉の策として種子油を使った代替品でございます。これまでのものより風味が落ちておりますので、殿下のお口には……」

「いいじゃないか、新しい味ってことだろ?」

まごつく両親をせかして、リーヴェスはショーケース内と厨房《ちゅうぼう》にあるクッキー全てを買い取った。大きな紙袋を自ら抱えると、懐から金貨を数枚だしてショーケースの上に置く。

「こ、こんなにはいただけません!」

「いいんだ。おそらく今はこれがあっても使い道はないだろう。けれど、いつかは何かの役に立つ。とっておいてくれ」

「あ……ありがとうございます……!」

両親は声を震わせた。普段通りの商売ができていない今、リーヴェスの配慮は大きな恵みだ。シアナも深く礼をした。

「殿下……ありがとうございます」

「俺が食べたかっただけだよ」

頭にぽんと手がおかれる。温かく大きな手だと思った。

「もう午後のいい時間だし小腹もすいた。中央公園で食べて行こう」

顔を上げると、リーヴェスは優しく微笑んでいた。シアナの口元も自然とほころぶ。

そのやりとりを見て、両親は目を丸くしていた。一体、第二王子とどういう関係なのか。問いかけてくるような視線を感じたが、シアナは曖昧にかわしたのだった。

＊　＊　＊

商店街と職人街の境目にある中央公園は、普段なら住民の憩いの場として賑《にぎ》やかである。巨大な円形の噴水のまわりには屋台が並び、食事も軽食も甘味も何でもそろう。いくつかあるベンチはいつも誰かが座っていて、遊歩道も散歩を楽しむ人が多くて――。

そんな光景を想像していたシアナは、噴水のそばで営業している屋台がたった一軒なのを見て目を丸くした。他の屋台は上からほろをかけて店じまいしてしまっている。

ひとまず唯一開いているお店で飲み物を買おうと行ってみれば、エールしか売っていなかった。コーヒー豆も茶葉も流通していないとかで、販売停止中なのだそうだ。

「なかなか大変な状況みたいだな」

木製のベンチに腰掛けたリーヴェスは、フードを少しずらすと、憂いを帯びた目で沈黙している屋台を見つめた。

「私もここまでとは思ってませんでした……」

ちらほらと通りすがる人の表情は、一様にくすんだ色をしているように見える。それはシアナの主観的な印象ではあったけれど、市中の様子にいつものような活気が見えないのは明らかだった。

「この町の働き盛りを根こそぎ徴兵したツケだな。……まったく」

リーヴェスは何かを振り切るように、勢いよくエールを流しこみ、表情を切り替えた。

「まあ今はクッキーを楽しもう。せっかくの時間だし」

油紙に包まれたクッキーは、見た目はいつものバタークッキーと変わりない。一口かじってみると、普段よりあっさりした甘味が広がった。

「これはこれでおいしいよ」

リーヴェスはそう言いながら、あっというまに一枚食べ終えて、二枚目をかじりはじめている。その横顔に、改めてシアナは頭を下げた。

「あの、本当にありがとうございます。……私、実家があんな状態になってるって知らなくて……」

「俺が食べたかっただけなんだから、シアナが気にすることじゃないさ。……それに、今この街がどういう状況か知りたいと思ってたし、ちょうど良かった」

リーヴェスは空を見上げて、何かを指折り数える仕草をした。視線の先にはきっと秋の雲ではなく、別の風景がある。その思考の邪魔をしないよう、シアナは静かにエールを飲んだ。ほんの少しの苦みのあとに、豊かな甘味と香りが広がる。よく冷えていておいしかった。けれど、このエールもそのうち飲めなくなるのだろうか。

「シアナ」

リーヴェスの思考はひと段落したらしい。

しっかりと焦点のあった目でシアナを見つめている。なんですか？　と聞こうとしたところで、クッキーが口に押し付けられた。

「んん⁉」

「ほら、食べよ」

シアナは目を白黒させながらもおずおずと唇を開け、クッキーをかじった。

「軽めの味だから何枚でも食べられるな。エールがすすむ」

クッキーとエールなんておかしな食べ合わせだ。なのにリーヴェスが嬉しそうで楽しそうだから、なぜだか目頭が熱くなった。

＊　＊　＊

それから二週間後。

シアナはその日、温室の世話を済ませた後、魔術師協会の作業部屋にこもっていた。いくつかある作業部屋の中でも秘薬を作るための部屋で、一番の特徴としては立派なかまどが設置されていること。壁際の棚には彩り豊かな薬剤やあきらかにゲテモノ系の素材、調合器具などが雑然と置かれている。

今日はこのかまどでハーブをぐつぐつと煮込んで『栄養ドリンク』を作るのが仕事だっ

た。珍しくファルカが手伝いに来てくれて、シアナの隣で鍋をかきまぜている。

「いやー……いつも思うけど、すごいよね、この色」

シアナは魔力を鍋に注ぎながら呟いた。滋養強壮に効果のあるハーブを十種類ほど入れているのだが、それぞれの色が喧嘩《けんか》して鍋の中は濁った茶色になってしまっている。煮詰めて濾過《ろか》してもその色味は変わらず、仕上がりの見た目はものすごく怪しい。けれど飲めばたちまちに疲労が抜ける効果がある。

「最近リーヴェス殿下と仲いいらしいね」

先のシアナの発言は無視して、ファルカが平坦《へいたん》な声で言った。

「ええっ……そんな噂《うわさ》あるの？」

思わず魔力を止めてファルカを見ると、彼も木べらを動かすのを止めてシアナに顔を向けた。火のそばは熱いからと彼はフードをおろしていて、漆黒のふわりとした髪と青年と呼ぶには若々しい顔立ちを外気にさらしていた。相変わらず彼は年齢不詳だ。シアナよりも四つ年上で現在二十三歳のはずだが、もっと若く見える。

「もともとあったでしょ。殿下がシアナのところに占いをしてくれとか言って通い始めた頃とか。いつのまにか下火になってたけど、最近また再燃してるよ」

「め、珍しいね。ファルカがそういうことに興味あるの」

「興味はない。でもまわりがうるさいから一応確認」

「まわりって誰よ」

「書庫に来る女魔術師たち。彼女らは読書より噂話に夢中だから」

ふうと息をついてファルカは鍋に向きなおり、再び木べらをうごかし始めた。ツンとした香りがシアナの鼻をくすぐり、あわててシアナも魔力の発出を再開する。

「リーヴェス殿下の部屋に毎夜通う女って、シアナでしょ？」

「えぇっ⁉　毎晩じゃないし！」

あまりの驚きで魔力が滑って、鍋の中身が激しく波打った。その雫《しずく》が鍋にかざしていた手にかかって、あわてて引っこめる。

「あ、ちょっと！」

焦った声とともに、その手をとられて薬液をぬぐわれた。けれど、その部分がじんじんと熱を持っている。ファルカはため息をついて、かまどから作業台へ鍋を移動させた。

「動揺しすぎ。……やけどになってる。軟膏《なんこう》塗るよ」

ファルカは作業台に並ぶ壺《つぼ》の中から一番大きいものを引き寄せて、ふたを開けた。真っ白い軟膏は基本的な傷薬だ。患部を保護し再生能力を高める。おとなしく手を差し出すと、ファルカは無言でシアナの手をとり、赤く腫れている部分に塗りこめていく。

なんとなく冷たい印象のあるファルカだけれど、その手はとても温かい。さっきまで炎のそばで作業していたのだから当たり前だけれど、彼もきちんと血の通った人間なんだな、なんて思えて安心してしまうのが不思議だった。

「リーヴェス殿下が人払いをする夜の次の朝は、必ず部屋にハーブの香りが残ってるんだって。……それって、普段からハーブを扱う君くらいしか思いつかないからね」

「私、ハーブの香りする？」

「する」

あっさり肯定されてしまい、そうですかとしか言えなかった。ファルカの言うように、この二週間の間に何度かリーヴェスの部屋を訪ねることはあった。そこまで長い滞在はしていないはずなのに、香りが残ってしまうなんて。

（ハーブの香りって結構もちがいいんだな……じゃなくて）

「……困ったな。『暗躍のローブ』かぶってるから、絶対バレてないと思ってたのに」

シアナが思わず呟くと、ファルカは目の色を変えた。

「そんな貴重な魔道具、リーヴェス殿下が持ってるの？」

初めてリーヴェスの部屋に行った日の帰り際に貸してもらったのだ。すっぽりと着用すればその姿を見えなくしてくれるという、かなり強い魔力がこめられた魔道具だ。人目を忍んで城下町に出かける時のために、とある筋から買ったらしい。彼が無造作にクローゼットから出してきたから、シアナも驚いてしまった。

「お願い、ファルカ！　みんなには内緒にして！」

「当たり前。興味ない」

「良かった、ありがとう！　知られたら大変なことになるっ」

「そう思うならやめたらいい。王子の愛人だってばれたら、毒盛られるよ」

「いや愛人なんかじゃないって！　誓って潔白！」

「じゃあなんなの」

再びファルカは手を止めて、しげしげと興味深い瞳を向けてきた。

「なんなのって言われても……」

リーヴェスとの関係は、シアナだって言葉にできないものだった。会うことは増えたけれど、ファルカが思うような関係じゃない。

シアナが彼の部屋に行く目的は情報共有だ。リーヴェスは人物関係を、シアナは魔術関係を探っている。お互いがその日調べたことを報告しあうのだが、それが終わればいつも雑談に花が咲いた。

『私、六巻の諜報《ちょうほう》編がすごく好きだったんです。殿下の素性がバレないかずっとハラハラしながら読んで、最後の種明かしのところはすごくスカっとして……。実際もあんな感じで進んだんですか？』

『そうだな、ほぼ一緒。別の人物になりすますのは楽しかったよ。途中ヒヤヒヤしたところもあったけど、最終的には原作通りになるってわかってたし』

ちょうど昨日の夜はそんな話で盛り上がったことを思い出す。お互い『アルニム年代記』を読み込んでいた者同士、話は尽きなかった。

（私と殿下の関係は、原作改変を目指す同志……？　友達って言うには気安すぎるかな）

でもうっかり『友人』と言いたくなるくらいに、リーヴェスはシアナに対して気さくだった。ひょうひょうとしていてつかみどころがないけれど、その芯には優しさが灯っているのがわかる。明るくて、一緒にいると気分が高揚して……。

「にやついてる」

「うっ……だ、だって……殿下が…………」

「好きになった？」

直球で聞かれて、シアナの頬がぼっと熱くなった。もともと原作で推していたキャラクターなのだ、そういう意味で好きだったのだ。その時は恋ではなかった。

——けれど実際に彼と関わるようになって、その好きの色が変わりつつある気がする。

「どうしよう……そうかもしれない……！　いやでもちゃんとわきまえてるから！　だって私、平民だし！」

「……はぁ」

ファルカは大げさなため息をついた後、何かに気づいたように瞬いた。無言で頬をなぞられ、シアナは一瞬びくりと震える。

「ここにも薬液飛んでる。痛くないの？」

「全然気づかなかった」

ファルカは顔をしかめ、再び軟膏を指にすくった。

「じっとして」

すごむように言われ、おとなしく従う。口調が荒かったわりに頬に触れる指先は優しかった。

「シアナ。リーヴェス殿下には気をつけた方がいい」

ファルカがほとんど息を吐くようなかすかな声で呟いた。

（気をつけるって……何に？）

その言葉がぴんとこなくて、シアナは何度も瞬きした。

リーヴェスのどこに不審なところがあるというのだろう。シアナの前でのリーヴェスはいつも明るく、それでいて思慮深い。一緒に過ごして不安になることなんて一度もなかった。

この後一体どんな言葉が続くのかとじっと待ってみるも、赤色の瞳が揺れているだけで続きは紡がれない。

「ファルカ、それってどういう……」

しびれを切らしてシアナが催促しかけた時だった。

扉にとりつけた鈴が鳴り響き、作業部屋への来訪者を告げた。入ってきた顔を見て、シアナは驚きに息をのんだ。

なぜなら訪れたのは、たった今噂をしていた――リーヴェス本人だったのだから。

彼は一歩踏み込むなり、室内の微妙な雰囲気に気づいたようで、片眉を上げた。あわててシアナはファルカから飛び退く。ファルカの方はいつもの無表情でリーヴェスに向き直ると一礼した。

「もしかして、取り込み中だった？」

「いえ、そんなことは！」

誤解されるようなことは何もないのだけれど、なんとなく気まずくて口ごもってしまう。そんなシアナをちらりと一瞥《いちべつ》してから、ファルカが一歩進み出た。

「リーヴェス殿下がこちらにいらっしゃるのは珍しいですね」

「君たちに依頼があって来たんだよ。朝起きてもすっきりと目覚めない時があってね。そういう朝に飲むような秘薬が欲しい」

「秘薬に頼ると癖になります。まずは生活習慣を見直した方がいいのでは」

「ちょっとファルカ！　なんてこと言うのよ！」

依頼人――しかも王子に対して、なんて物言いをしているのか。

あわててシアナはファルカのローブを引っ張った。不意をつかれたのかファルカがバランスを崩して後ろに倒れそうになり、シアナはとっさに背中を支えた。

「正論だけど」

「今そんなの求められてないから！」

ぎろりとファルカをにらんだ後、あわててシアナは一歩前に出て頭を下げた。

「すみません、ちゃんと作りますからっ！　気付け薬みたいな、そんな効用があるものがいいと思います！」

リーヴェスは穏やかに微笑んでいた。――のだが、どこか空気が張りつめている感じがする。怒っているようには見えないけれど、鋭い雰囲気が見え隠れするというか、物言わぬ迫力があるというか……。

「効果は強めに作ってくれていいよ」

「かしこまりました！」

返事をするとリーヴェスは微笑み、ファルカに視線を向けた。

「ところで、君の顔どこかで見たような気がするんだけど……名前を聞いても？」

「ファルカと申します。普段は書庫番をしているので、人違いでしょう」

ぶっきらぼうなファルカの物言いに、シアナの方は気が気でない。いくらなんでもふてぶてしすぎやしないだろうか。

「あ、あの、もともとファルカは無愛想なんですっ！」

「何その下手くそなフォロー」

「人が善意で言ってるのになんてことを‼」

心底嫌そうなファルカの様子に、シアナの眦《まなじり》はつり上がった。

「……二人は仲がいいんだな」

ファルカに詰め寄りかけたところに声がかかる。

「いえ、そんなことないです」

「そうですね、ないですね」

ほぼ同時に声をあげて、お互いににらみあう。

それに対してリーヴェスは口の端を上げるだけだった。それから細かい依頼内容と納期などの話をした後、風のように出て行ってしまった。彼の性格からしたら用件が済んだ後も世間話をしそうなだけに、意外に思う。

（急いでたのかな？　いつもと少し違うような気がする）

小さな違和感はすぐに立ち消えた。けれど、彼の訪問にファルカはファルカで思うところがあったようだ。

「……殿下は本気だね」

小さな呟きに、シアナは首をかしげた。

「え？　何、本気って」

「気づかなかったならいい。――ほら、早く作業の続き」

ファルカは興味なさそうに言うと、シアナを促した。それ以上はどんなに聞いても教えてくれることもなく、シアナは彼の言葉の意味がわからないまま作業を続けたのだった。

＊　＊　＊

その日の午後、また扉の鈴が鳴った。

やけに来客が多いなと思ったら、顔を見せたのは王太子ティハルト・アルニムだ。

リーヴェスと同じ青銀色の髪を後ろで一つに束ねて、濃紺のジャケットを着こなしたティハルトは、室内を見渡してからシアナに視線を向けた。彼の背後には護衛騎士が二人付き従っていて、主人と同じように油断なく周囲に気を配っている。

「少しいいでしょうか？」

ティハルトは護衛騎士二人を入口付近で待たせると、のんびりと部屋の中央へと歩みを進めて来た。

兄弟といえどリーヴェスとは違う中性的な雰囲気を醸し出すのがティハルトだ。体のラインに合わせて作られたジャケットが、彼のすらっとした体軀《たいく》を際立たせている。

（一日の間に王子二人が来るなんて珍しい）

そんな感想を抱いた直後に、いや、そういうことじゃないと心の中で訂正する。

ティハルトは魔術師協会の長を務めているので、協会内で姿を見かけることはあるし、こんなふうに作業場を訪れることもある。珍しいのはリーヴェスの来訪とタイミングが同じ日に重なったことだけだ。

「ここにディトリーの根はありますか？　新しい秘薬のレシピを考えてみたんです」

ティハルトはそう言いながら一枚のメモをひらりとかざした。彼の頭の中はアイデアでいっぱいのようで、次から次へと新しいものを開発しようとしている。

彼は生まれつき強大な魔力を持つだけでなく、魔術の仕組みをすぐに飲み込む頭脳を併せ持っている。幼い頃から魔術師としての頭角を表し、今では『国宝級』と呼ばれるほどの存在だ。魔術に対して深い興味を持ち、王太子として数々の公務をこなしつつ、魔術の発展にも尽力している。自ら考案した秘薬の試作を寝ずに続けたり、視察と称して各地の魔道具工房に行っては開発中の魔道具を譲り受けて自ら手を加えたりと——とにかく精力的だ。去年彼が作った農作物の栄養剤が、西部で塩害に苦しんでいた農民たちを救ったことは記憶に新しい。

しかも彼は強大な才能と権力を持っているにも関わらず、物腰が丁寧で穏やか。そんな人間性を慕う人は多い。

「ディトリーの根なら、きっとこのあたりに……」

シアナはファルカとともに棚の素材置き場を探してみる。ディトリーは真っ青な葉を繁らせた低木だ。薬の素材としての有用性が高く、普段ならいくつかストックしてあるのだけれど、あいにく今は使い切っていた。

「すみません、ここにはないので今すぐ切ってきますね」

「そう……じゃあ私も一緒に行きましょう」

「えっ、いえ、殿下はここでお待ちいただければ……。私一人で大丈夫です」

「いいんです、ちょうど他の植物の状態も見たいと思っていたので。ファルカはその間にここに書いた素材と道具を集めておいてもらえますか？」

ティハルトはどこか圧力のある笑顔で言うと、ファルカにメモを渡した。それからシアナに早く行こうと促してくる。

（兄弟そろって、こうと決めたらすぐにやる……）

物静かな王太子ティハルトと明るい第二王子リーヴェス。対照的に見られる二人だけれど、根本のところで似ている。さすが同じ血を分けた兄弟だ。

「温室に移動します」

ティハルトが護衛騎士の二人に声をかけると、その内の一人が素早く扉を開けた。彼はうなずき、颯爽《さっそう》と歩き出す。落ち着いた見た目とは裏腹に行動――というか足が速い。シアナもファルカに目配せだけして、小走りでその後を追いかけた。

「ちょうど良かった、あなたに聞きたいことがあるんです」

建物を出たところで、おもむろにティハルトが振り返った。

「最近、リーヴェスがあなたと深い関係だという話を聞きまして……」

「えっ⁉」

思ってても見なかった話題に動揺して、足がつんのめってしまった。

「おっと、大丈夫ですか？」

細身の体にしては力強い力で腕を引かれ、転ぶことは免れた。けれど、そのせいで至近距離で彼と目を合わせることになった。

リーヴェスと同じ青い目が、まっすぐに自分に向いている。隠しごとがあばかれてしまうような錯覚におちいるほどの視線の強さに、さきほどの言葉の衝撃が上乗せされて、シアナの心臓はばくばくとうるさく鳴り始めた。

「そ、そんなことないですっ。リーヴェス殿下とはたまに温室に来られた時に、植物のお話をさせていただく程度の関係で……」

「そうじゃなくて、夜のことです。リーヴェスの部屋に入っていくあなたを見たと言う人がいまして……」

「ご、誤解です！　そんなこと、私……」

動揺が声にそのまま出てしまう。明らかに上ずってしまって、怪しんでくださいと言っているようなものだ。けれど、意外にもティハルトはそれ以上踏み込んでこなかった。

「そう、じゃあその人の見間違いかな」

ただ、言葉とは裏腹に抜け目のない瞳で微笑んでいる。知っている。この目は疑っている目だ。

魔術一辺倒なティハルトだけれど、それだけに夢中なわけではない。穏やかな顔の影で物事の裏を探り、正確な状況を把握しようとする――そんな彼のキャラクターを知っているだけに、シアナの背筋には冷たい汗がつたったのだった。

三　初めての夜

「やばいです！　バレてます！」

その夜、リーヴェスの部屋に入るなりシアナは勢い良く言った。

「ん？　何が？」

面食らった様子のリーヴェスに昼間の一部始終を報告する。ファルカから聞いた『リーヴェスの元へ通う女性がいる』という噂《うわさ》、そしてティハルトがその女性をシアナだと特定してきたこと。

シアナは脱いだ暗躍のローブを見つめ、改めてこれまでの道のりを思い返していた。

ローブにこめられた魔力の濃さから、人の目から逃れる効果が消えているとは思えない。

リーヴェスは噂については面白そうに聞いていたが、ティハルトの名前が出た瞬間に目の色を変えた。

「ふーん、兄上がね。……まあもともとシアナのことはマークしてたと思うけど、噂を聞いていよいよ動き出したってところかな」

「え……私、マークされてたんですか？」

「俺がシアナのところに占いに通ってただろう？　別に隠れて行ってたわけでもないから、兄上が知っててもおかしくない。シアナが来る夜は果実酒を用意させたりしていたから、そこから何かを察知したのかもしれないし」

「でも、ローブを着てれば姿は見えないはずですし、これまで誰かとすれ違っても気づかれた感じはしなかったんですけど……」

しゃべっている途中で天啓のような閃《ひらめ》きが舞い降りて、ハッとする。

魔術に対処する一番の方法は魔術を使うこと。それが魔術師の基本的な考え方である。だとしたら——。

「もしかしたら『熟視《じゅくし》』の魔術かも」

自分の目に魔力を集めて、普段ならば見えないようなもの——たとえば魔力の流れを見たりするために使う魔術。それを使えば暗躍のローブを着ていても姿を見つけることができるかもしれない。

リーヴェスにとっては耳慣れない魔術だったようだ。こういう時は言葉で説明するよりも実践した方が早い。

「一度ローブを着てみてもらっていいですか？」

シアナの願いをリーヴェスは二つ返事で了承した。すぐに立ち上がって椅子にかけられたローブを身につける。羽織ってボタンをとめていくところまでは視認できたが、彼がフードをかぶった瞬間に姿は消えた。これが『暗躍のローブ』の効果だ。

（ここで熟視の魔術を……）

目を閉じて、両まぶたに指をあてる。そして自分の内側を流れる魔力を両目に流し込むイメージを持って、ゆったりと目を開いた。そうするとうっすらとぼやけて、リーヴェスの姿が見えた。魔力をこめれば、その輪郭はどんどんはっきりとしてくる。

「……うん、見えます。きっと私のこと、誰かが熟視の魔術を使って見つけたんですね」

ふっと力を抜くと、再びリーヴェスの姿は見えなくなったが、すぐにリーヴェスがフードを外したので、元通り彼の姿が現れる。

「なるほどな。兄上の配下にはもちろん魔術師もいる。部屋の近くで張り込んでたのか、シアナを尾行でもしたか……」

熟視は、素養がある者ならば難なく使える基本的な魔術だ。そして暗躍のローブは、姿を隠すが自分が触れたものまで隠す効果はない。

例えばシアナが部屋を出る時は、ひとりでに扉が開閉したように見えてしまう。だからこそ廊下に誰もいないタイミングを狙って部屋を出ていたし、リーヴェスの部屋に入る時も彼がうまく人払いをしてくれていた。

もしもどちらかの部屋の扉そばにティハルト配下の魔術師が待機していて、扉が開いた瞬間に熟視の魔術を使えば、シアナを見つけることは可能である。

それを伝えると、リーヴェスは納得した様子でうなずいた。

「ちょっと対策を考えないといけないな」

「誰かに見られてたかもしれないなんて……全然気づきませんでした」

リーヴェスの立場の難しさを再確認する。彼の交友関係は彼だけのものではないと言えるのかもしれない。

「気配を消すのが得意な者もいるから仕方ない。遅かれ早かれ兄上は気づいてたさ。それに悪いことをしてるわけじゃない」

気遣うような言葉に、シアナは遠慮がちにうなずいた。意気消沈。そんな言葉がぴったりだと自分で思うくらいに、心が沈みこんでいく。反対に、リーヴェスは何かいたずらを思いついた子供のように瞳を輝かせた。

「兄上には俺からも言っておくよ。……どうしようかな。魔術や占いの話を聞いているだとありきたりだし……婚約者候補だとでも言ってみる？」

「なっ！　何を言ってるんですか⁉　冗談やめてください！」

「別に冗談でもないけど」

「いやいやいや……ありえないですから」

「まあまあ、ひとまず飲もう」

グラスにたっぷりと注がれた果実酒が差し出される。軽い口調と穏やかな笑顔に押されて、シアナはグラスを手にした。

「それにしても兄上か……宰相の息子あたりが出張って来るかと思ったが……なるほど」

軽くグラスを合わせ乾杯をしてから、リーヴェスは小さく笑みをこぼした。

「……もしかして殿下も噂のこと知ってました？」

リーヴェスは微笑んで、果実酒を口に含む。それが答えだった。

「城の中で生き抜くためには、情報をいち早くキャッチして、勝ち馬に乗ることが大事だからな。みんな必死で間諜《かんちょう》をばらまいている。貴族だけじゃなくて、兄上も……俺も」

「それぞれが相手を探ってるんですね」

そう呟《つぶや》いて、シアナは果実酒を口に含んだ。とろりとした甘さが口の中に広がるが、心中は苦い思いでいっぱいだ。

（そうだ、兄弟といっても信頼関係があるわけじゃなかった……）

リーヴェスとティハルトは仲が悪いわけではない。けれど原作ではお互い付かず離れず、ほどほどの距離を保った生き方をしていた。権力を持つものにはどうしても取り巻きがつく。その衝突をふせぐためにも、お互いの領分を侵さないという考えからだったはずだ。

「……まあ俺は半分くらい、俺をあやつったのは兄上じゃないかって思ってるからな」

「‼」

爆弾発言だ。シアナはあやうくグラスを落としそうになった。

「そ、それはないのではっ⁉　だって原作では――」

「兄上が俺を止めるんだよな。特大の魔術ぶっぱなされたのはよーく覚えてる。……でもさ、そこまで兄上が仕組んだことかもしれない、っていう可能性もあるだろ？」

なんという推理だろう。

ティハルトの昼間の言葉は弟についた悪い虫《シアナ》をけん制するためのものだとばかりだと思っていた。

でも確かにティハルトは国宝級の魔術師だ。その魔力量、魔術に対する造詣は群を抜いている。呪いについての知識も普通の魔術師よりはありそうだし、少なくとも『呪いをかける』ことに関する素養は十分だ。

（ティハルト殿下にとっては国王もリーヴェス殿下も邪魔だったとか？　うーん……でも、ティハルト殿下ってあんまり権力とかに固執してるイメージがないからな……）

次期国王となるべき人だけれど、それに対してはあまり乗り気ではなかった気がする。できることなら魔術の研究をずっとしていたいというような学者肌のタイプで……。

「まあこれは、ただの可能性の一つだから」

シアナが難しい顔をしているのを気遣ってか、リーヴェスは軽い口調で言った。

「俺たちは原作を知っている。でも書かれてない部分で、誰が何を考えてどんな行動をしてるかはわからない」

「それは……確かに……」

書かれていない部分はこの目で確かめるしかない。

昼間のティハルトの表情を思い出してみても、まだシアナには彼の心の深淵《しんえん》は想像もできない。原作を知っているからと油断してはならない。

「……そういうの気にするの、すごく大変ですね。気が休まらない」

「もう慣れたさ」

慣れるものなのだろうか。まわりの動きと思惑を推測して、正解の立ち回りを探し続けて。――しかもリーヴェスは二回も失敗しているのだ。

（かなりの気苦労があるだろうな）

そんな様子少しも見せないけれど、きっと。

改めてリーヴェスの置かれた立場と待ち構える未来を思うと、身震いしてしまう。どこか不安な気持ちをおさえてリーヴェスを見ると、彼もいつのまにかシアナを見つめていた。

「でも、だからこそシアナと一緒にいるとほっとするよ。今まで同じ境遇の人間に出会ったことなんてなかった。……ありのままでいても許されるって、すごく安心するものなんだな」

「殿下……」

もしも自分の存在がリーヴェスの気持ちを和らげているならば、こんなに嬉《うれ》しいことはない。

じーんとしたまま果実酒を口に含むと、さきほどよりぐっと甘く感じた。リーヴェスも心なしか優しく微笑んでくれているような気がする。

「あ、でも俺が作業室行った時、あの魔術師と何してたの」

パッと表情を切り替えて、リーヴェスがシアナを窺《うかが》った。

「急にどうしたんですか？」

「今日シアナが来たら聞こうと思ってたんだ。すごく顔が近かったような気がするんだけど？」

リーヴェスが作業室に入って来た瞬間は、ちょうど頬に軟膏《なんこう》を塗ってもらっていた。急に忠告めいたことを言われて――。

（顔近かったかな……？）

あの時は全く意識していなかったけれど、そういえばファルカの目がいつもより大きく見えていたような気もする。

「顔が赤くなった。――何かあるの」

まるで急速冷凍されたような低い声が響く。リーヴェスがこんなにドスのきいた声を出すとは思わなくて、シアナはびっくりして勢いよく頭を左右に振った。

「な、何もありません!!　あの時はただ、私が頬にやけどしたからって軟膏を――」

「ふーん……」

うろん気なまなざしが頬のあたりに刺さる。やけどの箇所を示せば、リーヴェスの指先がそこに触れた。

「確かにちょっと赤くなってる……」

「でしょう!?　それだけです！　ファルカはただの同僚で、それ以上でもそれ以下でもありませんからっ」

言い訳じみていると思わなくもないけれど、妙な疑いをもたれるのも悲しすぎる。シアナの必死の弁明をリーヴェスはじっと真顔で聞いていたけれど、たっぷりの間の後で息を吐いた。

「ふーん、ま、話はわかった」

どことなく引っかかる言い方だけれど、これ以上は何も言わない方が良いだろう。

へらりと笑顔を向けると、リーヴェスは目を細めた。頰に触れていた指が離れて、代わりにグラスを持っている手をなぞられる。

「こっちきて」

「え？」

リーヴェスは自分の座っている座面を示した。座る場所の交換……というわけではなさそうだ。リーヴェスは座ったまま足を開いて、シアナを待っている。

（嘘《うそ》でしょ、なんで⁉）

こうして向かい合っているだけでも近いと思っているのに、ともすれば触れてしまいそうな距離感なんて、恐れ多いにもほどがある。

「早く」

「そ、それはちょっと……」

「いいから」

手首をつかまれて、引っ張られる。それ以上は拒否できず、シアナはおどおどとしながらも、リーヴェスの求める場所へとおさまった。おさまってしまった。

背中にあたたかい体温を感じる。ゆったりと腕がまわされて、ふわりとリーヴェスからアルコールを含んだ呼気と彼自身の香りがただよう。普段の距離なら決して知ることのなかったはずの、新緑のような爽やかで清潔な香り。きっとハーブの石鹸《せっけん》を使っているのだろう。

（って、そんなこと考えてる場合じゃなくて！）

リーヴェスの腕の中にいるこの状況。心臓が跳ねあがってうるさくて、変な汗をかきはじめている。こわばった体が、リーヴェスの体温であたためられて熱を帯びていく。

「だめだよ、隙を見せたら。シアナは俺にとって大事な人なんだから」

耳元に落とされた囁《ささや》きは艶っぽく、秘密めいた響きを持っていた。背中を妙な感覚が走り抜け、体がぶるりと震える。

（大事な人……！）

その言葉の衝撃にわなわなと震えてしまう。この『大事』は一体どういう意味合いだろう。同じように転生して、原作改変を目指す同志としてという意味か、それとも……。

「す、隙は見せてないと思いますけどっ……」

「えー、そうかなぁ」

かろうじて絞り出した返答だと言うのに、リーヴェスはあっさりと一蹴してしまった。

首の後ろでふっと息を吐く気配がして、彼が首筋に顔を押し付けてくる。

「ひゃっ！　殿下っ……！」

首筋を濡《ぬ》れた感触が這《は》う。それが彼の舌だということには、一拍遅れて気づいた。衝撃に頭が真っ白になる。

（ちょ、ちょっと待ってこの展開っ……!?）

ひとりで焦っている間に、チュっと首筋に吸い付かれる。

「もうすぐ俺は城を出るからね」

低い声でおとされた呟きに、シアナはハッとした。不意打ちのようにかけられた言葉だけれど、その理由はすぐに思い至る。原作の重要な部分が始まるのだ。

「ヘイドルーン視察に行くんですね」

「そう。何が起こるか覚えてる？」

「もちろんです」

ヘイドルーンというのはアルニム王国の東の国境にある城塞都市だ。ここからは馬を使って約十日ほどの距離にある。ユルへにらみをきかせるために要塞としての機能を持ち、常時強大な軍備が整えられている。この城塞都市をおさめるアレンス公爵は、貴族の中でも武闘派と名高い人物だった。

この視察はもともとは半年後の外征に向けての状況確認が目的。けれど、何やら不穏な動きがあるという報告が国王の元にあがったことで、もう一つの意味を持つことになった。

「もし良からぬことを企んでいるようなら、お前が釘《くぎ》をさしてこい」

視察の裏の目的として、国王からリーヴェスへ指令がくだされたのだ。

――ただ、国王の人選は完全に裏目に出る。

リーヴェスはヘイドルーンでアレンス公爵がクーデターを目論んでいることを知り、共謀を打診されるのだから。

原作ではリーヴェスは無言だった。答える必要がないから無視したというわけではなく、彼の中でも複雑な心が渦巻いていたから。国王の圧政は民を苦しめる。これまで外征でいくども失敗してもこりないこと、そのたびに増税を進めようとすること。作中のリーヴェスは、国王に付き従うことに疑問を感じ始めていた頃だった。

「前回クーデターに誘われた時はどう答えたんです？　原作の記憶はあったんですよね？」

「断った。俺はお前たちにつく気はないって」

「結構ばっさり言いましたね！」

びっくりして振り返ると、思った以上に至近距離にリーヴェスの顔がある。まるでこれからキスをするような距離感に顔が熱くなり、あわててそむけた。からかうようにリーヴェスの腕に力が入って、さきほどよりぎゅっと抱きしめられる。

（絶対面白がってる！　女慣れしてる感じなのは人生三回目だから⁉　褥《しとね》教育受けたとか⁉　それとも、誰か恋人が……⁉）

真面目な話をしているのに、そんなことを考えてしまう自分が情けない。なんとか腕をといて立ち上がれないだろうか。気が散って仕方ない。

そう思うのに、心の奥底でほんの少しだけ腕から離れるのを惜しむ自分もいる。どうせ今しかないのだろうから、もう少し、と。

結果、シアナはリーヴェスの腕の中におさまりながら会話を続けることになった。

「勝手に旗頭にされちゃ困るからな。とにかく俺はクーデターには加担しないっていう意思表示が大事かと思って、そのまま逆に告発すると言って……」

「動きが派手すぎます！　っていうかそれ、よく帰って来れましたね⁉　まわりはみんなクーデター派なのに⁉」

「二回目の人生の時は、とにかく自分が動けば未来は変わると思ってたからな」

意外なくらいの直情的な対応である。びっくりするシアナに、リーヴェスは楽しそうに笑った。

「あの時のまわりの顔は面白かったな。みんな目が点になって、あわてて俺を追いかけてきて……」

「ぶ、無事だったんですよね？」

「当然。……とは言っても、左腕を切られてしばらく使えなくなったけど」

「ひぃぃぃぃ！」

今はピンピンしている左腕を見て、震え上がってしまう。そんなシアナを見て、リーヴェスは小さく笑った。

「大丈夫だって。結構深かったけど、三ヶ月くらいでなんとか動くようになった」

「大怪我じゃないですか」

「でも、これでクーデターを止められるなら安いもんだって思ったんだ。……無駄だったけどな」

「告発したなら、クーデター派はまとめて処分されたんじゃないんですか？」

「残念ながら証拠不十分。俺が見た武器は調査団が入る前に全て処分され、尋問でもやましいことは何も言わなかった。結局やつらを処分はできなかったんだ。警戒だけは続けていたが……」

「何者かにあやつられて、原作通りの結末になってしまったんですね」

「正攻法で説得できなかったからということだろうな。強硬派の考えそうなことではある」

リーヴェスは苦い笑みを浮かべ、肩をすくめた。

「まあでも今回はちゃんとおとなしくしておくさ。……俺がいない間、シアナは兄上とあいつに気をつけとこうな」

「あいつって、ファルカですか？　大丈夫ですって」

「そうかな？　俺はそっちのが心配。兄上はまあ適当にあしらってくれればいいから。さっきも言ったけど、俺の婚約者ってことにしといてもいい」

「そ、そんなことできるわけないじゃないですか‼　私、平民ですよ⁉」

「そんなのどうにでもなる」

「なりませんよ！」

シアナは顔を真っ赤にして叫んだ。リーヴェスはくつくつと笑い、むしろその方が立ち回りやすいかもよなんて言ってくる。それに威勢良く返しながらも、心は落ち込んでいく。

（一瞬だけ舞い上がりそうになったけど……婚約者なんて無理中の無理だよ）

もしも恋愛関係になったとしても、いきつくゴールは愛人だ。王子と平民じゃそれ以上にはなり得ない。婚約者なんて冗談にもほどがある。リーヴェスが軽い口調だったからこそ、本気とは思えなかった。

（だめだ。今これを考えるのはやめ！）

傷ついているのだと自覚したくなかった。本来なら、こうして抱きしめられているだけで僥倖《ぎょうこう》だと思うような相手なのだ。

シアナは少し前かがみになって自分のグラスをとると、それをぐびっとあおった。さきほどよりも強くアルコールの風味が口の中に広がって、脳をしびれさせていく。できればもっとしびれて、思考停止の状態になりたい。

「おお、いい飲みっぷり」

リーヴェスも少し体をずらしてテーブルに手を伸ばすと、嬉しそうにシアナのグラスに、果実酒を注いだ。

「……この果実酒ともしばらくお別れと思うと寂しいですね」

「必要なら、シアナの部屋に届けさせようか」

「そんなのいらないですよ、一人で飲んだってつまんないです。このお酒は殿下とここで、色々としゃべりながら飲むのが楽しいんですから」

「それは光栄だね」

速いペースでグラスをあけたせいで、頭がぐらりと揺れた。くたりと後ろに倒れこむと、思った以上にかたい体に受け止められる。

「……俺も同じだよ。シアナと飲むと楽しい」

「えー、ほんとですかー」

「ほんとうさ。俺は嘘は言わない」

（そう言う人って、だいたい何かを隠してるんだよなぁ）

嘘は言わないけれど、全てを開示もしない。そういうタイプだ。

唐突にファルカの「王子には気をつけろ」という発言を思い出して、なんだかすっきり腑《ふ》に落ちてしまった。

（そうだ、きっと殿下はまだ色々私に見せてない面がある。だって、こうして抱きしめられてても、距離がいつまでも近づかない気がする）

ある一定のところまでは受け入れられている。今はぬくもりも感じている。けれどその先には透明の壁がある。ふと浮かんだイメージがまさにぴったりで、シアナの心は痛んだ。

「シアナ」

グラスを置いた手に、不意にリーヴェスの手が重なってくる。びっくりして引っこめようとしたけれど、その指先に手の甲をなぞられて、シアナはかたまった。

体をずらしてリーヴェスを見ると、彼は目に深みのある青い色を宿してシアナを見つめていた。彼は自分の視線がいかに魅力的なのかということに気づいていないのだ。そのまっすぐな光が眩《まぶ》しくて落ち着かない。

「あの……視線が痛いんですが……」

「こっちの世界では儀式があるよな。旅立つ者への安全祈願のおまじない」

シアナが気まずさを訴えても、リーヴェスはどこ吹く風で話題を変えてくる。妙に楽しそうな様子にほとほと困りつつ、シアナはうなずいた。

「知ってますよ、手にキスするやつですよね」

そう答えると彼は満足げにうなずいた。含みのある視線を向けられて数秒。シアナはハッと息を飲んだ。

「えっ……ひ、必要ですか？」

「せっかくだし、シアナの加護が欲しい」

（ほんっと反則だよなぁ、こういう思わせぶりなやつ！　この女たらし‼）

今、彼はどんなことを考えているのだろう。推し量るのは難しい。なのに勝手に嬉しい気持ちが湧き上がって困る。

「じゃあよろしく」

リーヴェスは当然やってもらえるものと確信しているのだろう。悠然と右手を差し出してきた。改めてさわると剣ダコというのだろうか。手のひらにところどころかたい部分がある。彼が実際に剣をふるうところを見たことはないけれど、剣士としての評価の高さは知っている。噂で『リーヴェス殿下の剣の殺気はものすごい』と聞いたことがあるが、今目の前で微笑んでいる人物からはそんなものはまるで感じなかった。

(想像もつかないな……殿下が剣を持って戦ってるところ)

そんなことを考えながら、シアナはそろりとリーヴェスの左手を持ち上げて、自分の口元へと近づけた。おまじないは手のひらにキス一つ、そして手の甲にキス一つだ。作法は知っているけれどやるのは初めてだった。

「えーと……じゃあ……殿下の旅立ちに、幸運と武運を」

まずは手のひらに唇をつける。それからその手をひっくり返して、手の甲へも同じものを。これだけの所作で、シアナの心臓はばくばくとうるさく鳴っていた。

「はい終わりですっ！　無事に帰ってこれますように！」

パッと手を離して明るく言う。もう限界だ。これ以上この体勢でいたら、身が持たない。耳まで熱くて、いい加減立ち上がろうと思ったけれど。

「じゃあ俺からも」

「ひゃあっ」

リーヴェスに左手首をとられて、思わず声をあげた。

「なに、その声」

「い、いやだって不意打ちはびっくりしますよ！」

「かわいいこと言うね」

リーヴェスは軽くふきだし、シアナの手のひらにくちづけた。チュッと小さなリップ音が響いて、ひえぇっと声が出そうになる。それを必死で我慢していると、今度は手の甲にリーヴェスの唇が触れる。そしてすぐに離れる……と思っていたのに、いつまでもリーヴェスが動く気配がなくて、シアナは目を瞬いた。

（ま、まだ……？）

じっと待っていると、ペロリと手の甲を舐《な》められる。

「ふぁっ⁉」

あわてて手をひっこめると、リーヴェスは楽しそうに笑ってみせる。完全にからかわれている。シアナは今度こそいさめようと口を開いたが、その言葉はリーヴェスの唇に飲み込まれた。

「⁉」

あっと言うまに首の後ろに手がまわっていて、逃れられないようおさえられている。唐突なキスの衝撃に、シアナはびくりと肩を震わせた。

（なっ、何⁉　急になんで⁉）

目を開けるとリーヴェスの伏せられた長い睫毛《まつげ》が視界に入る。あまりに近すぎて焦点が合わなくてクラクラするのに、唇がひどく熱くてそこだけに感覚が集中しているかのよう。

いつのまにか口の中にリーヴェスの舌が入ってきて、シアナの口内をさぐるように舐めた。

突然のことにシアナはパニックだ。何がどうしてリーヴェスからキスされるなんてことになるのか。

とにもかくにもと、シアナはリーヴェスの胸を押しのけようとした。それでもリーヴェスがシアナをおさえる力は弱まらなくて、なかなか唇を離してくれない。彼の舌はシアナの舌に絡みついたり吸い上げたりとやりたい放題だ。抵抗らしい抵抗もままならず、シアナから力が抜けたのを見計らってから、ようやくリーヴェスは舌を抜いた。

「……さっきの『婚約者』の話、本当に冗談じゃないから」

少しだけリーヴェスの息も上がっていた。艶めく吐息とともに吐き出された言葉を心中で反芻《はんすう》して、シアナはおののく。

「冗談にしかなりませんよっ。立場の違いがっ……」

「それはどうにでもなるって言ったよ」

「どうにもなりませんっ！　ていうか殿下、なんで急にそんな……」

「そんなの、答えは一つに決まってる」

まっすぐにリーヴェスはシアナを見つめた。見つめ返すと、少し照れたのかリーヴェスが目のふちをかく。ドキドキと鼓動がせわしなくなってくる。

まさかという気持ちとともに、どうしても喜びがわいてきてしまう。

シアナだってリーヴェスのことは好きだ。原作でも好きだったし、深く関わるようになってますます惹《ひ》かれている。けれど――。

「いや、ダメです！　違うと思いますっ！」

「何が」

「気の迷いです！　殿下には私よりもっとふさわしい方が……」

シアナの主張は、リーヴェスのため息で遮られた。

「気の迷いかどうかは俺が決める。シアナしかいないんだ。俺の境遇を知って、そして理解してくれてるのは。……これ以上ない理由だと思わないか？」

「でも……」

「それにシアナといると落ち着く。ありのままの自分でいられるっていうか、そういうのも初めてだし。……シアナは、俺とそうなるのはいや？」

「そ、その聞き方ずるいですっ！」

リーヴェスは、今度ははっきりと声に出して笑った。

「そうだな、ずるい。認めるよ。でも……離れてる間に俺のこと忘れないように、覚えてもらわないと」

「だ、大丈夫です、忘れませんからっ」

「どうかな、シアナのまわりには危険人物が多いから。……隙も結構ありそうだし」

「き、気をつけますから！」

「……シアナ」

ワントーン低い声で名前を呼ばれて、シアナは思わず背筋を正した。

頬にリーヴェスの手が触れて、そっとシアナの輪郭をなぞった。

「俺は今、シアナが欲しいんだ」

その言葉は、シアナの全てのネガティブな心を吹き飛ばすほど強い力を持っていた。身分のことも、未来への不安も、何もかもが色あせて、代わりに自分の内側でくすぶっていたリーヴェスへの想いが色めき立つ。

リーヴェスはシアナの唇に指先をすべらせた。

「今からもう一度ここにキスする。――嫌なら避けて」

「‼」

またそんなずるいことを言う。

シアナの無言の非難を、リーヴェスはまっすぐな微笑みで受け止める。けれどもう止める気はないらしい。ゆっくりとその端正な顔が近づいてきた。

「殿下は……本当にずるいです……」

好きかと問われたら、好きだと言える。

恋なのかと問われたら、それはまだわからない。

でもリーヴェスの想いを受けて、素直に嬉しいと思った。それを恋の予感と呼ぶならば、もう心はそこへと向かっていて……。

ふわり、と唇同士が触れた。

その柔らかいくちづけは数秒続いて、そっと離れた後に目を開くとリーヴェスは照れた表情になっていた。彼が気恥ずかしそうにしているのが珍しすぎて、ついまじまじと見つめてしまう。

「……避けなかったな」

リーヴェスはそう言うと、また触れるだけのキスをして、シアナを後ろから強く抱きしめた。一人分としては大きい座面も、二人で座れば狭くなる。ぎゅっと抱いたまま、リーヴェスはシアナの耳元に唇を寄せた。

「ありがと、シアナ」

「そんなこと……」

その直後、ペロリと耳を舐められて、その奥に舌がさしこまれた。耳の中を舌でなぞられて、そのあやしい感覚にシアナの呼吸はどんどん荒くなっていった。気づくと声がもれそうになり、必死で歯を食いしばる。

「はぁっ……殿下っ……」

「シアナ……」

体を震わせてかたい腕にすがると、しっかりと抱き返された。艶めいた声で名前を呼ばれ、かすかに疼《うず》いたのは下腹部だ。一気に顔が火照ってくる。

「シアナに触れたい……」

そっと囁かれ、どくんと心臓が跳ねる。

どうしようと思ったけれど、もう賽《さい》は投げられている。シアナは体をこわばらせて、リーヴェスがブラウスの裾を引き出して、隙間から手を入れてくるさまを見つめた。素肌に触れる指先の熱さに、ぴくりと体が震える。

「……体、力抜いて」

「そ、そんなこと言われてもっ……」

リーヴェスの手が肌着を押し上げて胸にそっと触れた瞬間、息がつまった。大きな手のひらで包まれたと思ったら指がふくらみに沈み、思わず声をあげそうになる。

「シアナの胸、柔らかいな」

まるで形を確かめるように、弾力を楽しむように。

気持ちいいような、もどかしいような不思議な刺激だった。

ブラウスが不自然に盛り上がって、その中でリーヴェスの手が不埒《ふらち》な動きをしている。その事実がどうしようもなく恥ずかしくて、なのに……。

リーヴェスはしばらくその感触を楽しんでいたようだったけれど、ふとした気まぐれのように、ふくらみの中心を指先がかすめた。小さな刺激が体全体に広がって、吐息とともに声が出てしまう。そのまま尖《とが》りをきゅっと優しく摘まれて、シアナは息を荒げた。後ろから抱きしめられているおかげで、真っ赤になった顔を見られなくて済むのが救いだ。そう思ったけれど、リーヴェスはそれを許してくれなかった。

「シアナ……こっちを向いて」

耳元で響く声は優しい。なのに有無を言わせない雰囲気がある。かぶりをふっても同じ言葉を繰り返され、シアナは観念した。

腰の位置をずらして振り向くと、再びくちづけられた。そのまま舌が入ってきて、シアナの官能を引き出そうとする。乳首を弄られるたびに、自分の体の芯に熱がともる気がする。それが全身に広がって、体全体がふわふわとおぼつかない感じになっていく。

知識としては知っている男女の行為。けれど実際に体験するのは初めてで、全てが未知の感覚だった。胸の先をいじられると、つんとした刺激が全身に広がっていく。下腹部が何かを訴えてくるかのようにざわついていて、声が抑えられない。

自分で自分をコントロールできない領域に、あっというまに持っていかれてしまう。

「あっ……殿下っ……あんっ……」

「……気持ちよさそうだな……はぁ……俺ももう限界っ……」

絡まっていた腕がとかれ、立つように促される。この後、一体どうなるのだろうか。シアナは期待と不安に胸をざわつかせながら、足に力をこめて立ち上がった。リーヴェスに向き直ると、彼は微笑み手を伸ばしてくる。

――頬に触れられるんだろうと思った。

けれど予想に反して、シアナはリーヴェスに抱き上げられてしまった。

「ひゃあああっ！」

急に足が宙に浮いて、自分を支えるのはリーヴェスの腕だけ。横抱きされることだって初めてだ。あまりに不安定で、彼の首に手を回ししがみつく。リーヴェスはずんずんと部屋の中を突き進み、続き部屋への扉を開けた。

その先は以前予想した通りに寝室で、天蓋つきの大きな寝台が置かれていた。寝台をおおうためのレースはまとめられていて、真っ白なシーツと繊細な刺繍《ししゅう》がなされた掛布が見える。枕元のテーブルに置かれたランタンだけに明かりが灯されていて、部屋全体は薄暗かった。ゆっくりとおろされて、その柔らかさに驚いているところに、リーヴェスがのしかかってくる。そのまま彼の手がシアナのブラウスにかかり、ボタンが一つ、また一つと外されていった。

「あの……私……初めてなので……」

「……うん」

「ちょっとその……」

シアナがまごついている間に、すっかりボタンは外されてしまった。はらりと前を開かれて、肌着が丸見えになる。いくら薄暗いとは言っても、とてつもなく恥ずかしい。

「大丈夫。そうだと思ってた」

「で、ですよね……」

リーヴェスに抱きしめられる。その体の重みとかたい胸板に、男らしさを強く感じる。

「……精一杯優しくするよ、約束する。……ほら、力抜いて」

（だめ……そんなこと言われても……すごくぞくぞくしてっ……）

シアナ、と耳元で囁かれる。名前は今までに何度も呼ばれているのに、まるで雰囲気が違う。ふわりと耳に触れたのはリーヴェスの唇だ。チュッと音をたてて吸い付かれて、シアナは肩を震わせた。

「かわいい」

そのまま耳を食まれ、その輪郭を舌でなぞられ、ぞくぞくとした快感が背筋を突き抜ける。自分の体はどうしてしまったのか、まるで力が入らない。震えながら、シアナはリーヴェスの胸元にすがりついた。

「……はぁんっ……んんっ……」

声がどうしてももれてしまう。まるで自分の声じゃないみたいな、高くて甘えた声。

そっと手を伸ばして、シアナはリーヴェスの頬に触れた。陶器のようになめらかでハリのある肌。初めての感触に、指先に震えが走る。

「……こわい？」

シアナはリーヴェスを見つめたままごくりと唾を飲んだ。美しい瞳が、シアナをとらえている。その輝きに魅入られて、シアナの心はリーヴェスの元へと羽ばたいていく。

「……こわいです、でも……」

やめないでほしい。

口からこぼれた声はとてもかすかなものだった。けれどリーヴェスにはしっかり伝わっている。その証拠に、彼が嬉しそうに笑ったから。

そして再びくちづけられる。今度は柔らかいだけのキスで終わらせる気はないようで、リーヴェスの舌がシアナの唇をつついた。シアナが口を開いた途端に中へと入ってくる。

「……んっ……殿下っ……」

ゆっくりと口内をさぐっていた舌は、シアナの舌に触れた途端それに巻きつくような動きをした。だんだんとシアナの口の中で大胆な動きを始めるから、シアナの息はどんどん上がってきてしまう。

「シアナ……舌出して……」

「……ん……」

その時だけリーヴェスの唇は離れたけれど、シアナがおずおずと言う通りにすると、一気にリーヴェスの舌がさきほど以上に絡まってきて、とらわれる。シアナはふるふると細かく震えながら、必死にリーヴェスから与えられる未知の感覚についていこうとした。

リーヴェスとキスをするのは嫌じゃない。

それどころか……触れられるたびに、心のどこかが満たされていく感覚になる。

シアナは不意に泣きたくなった。リーヴェスからこうして求められていることに、喜びを感じていることに気づいたから。

彼から与えられるもので、少しずつ自分の心の中が照らされていく。

そっと舌が抜かれて、こつんと額同士が合わさった。

「はぁ……気持ちいい……」

リーヴェスの手が背中にまわり体を起こされる。前が開いたままのブラウスが肩から落とされ、真っ白い肌着もたくしあげられた。

「やっ……待ってくださいっ……恥ずかしいっ……」

「大丈夫。……全部、俺に見せて」

抵抗しようとしてもおさえられてしまう。リーヴェスの手つきは優しかったけれど、容赦なく肌着もスカートも、何から何まではぎとっていく。あっというまに裸になってしまった恥ずかしさに身をよじった。

寝室に入ったばかりの頃よりもずっとこの空間に目が慣れてきて、リーヴェスの細かな表情も見て取れるようになった。ということは、彼からもしっかり自分が見えているということで……。

羞恥で叫びそうになったところで肩に圧力がかかる。背中に触れるのは掛布の刺繍の凹凸だ。リーヴェスの唇がシアナの思考を奪おうと押し付けられる。

「んっ……殿下っ……」

「シアナ……」

くちづけを続けながら、リーヴェスがシアナの胸に手を伸ばしてくる。ゆっくりと揉《も》まれて、シアナはいよいよ切羽詰まった感覚になってきた。リーヴェスの指先が頂をかすめるたびに切ない声がもれてしまう。

「……気持ちいい？　……乳首たってきた」

「たつ……？」

「これ」

リーヴェスは微笑み、ぴんっと乳首を優しくはじく。突然駆け抜けた快感に、シアナの体が跳ねた。

「……気持ちよくなってくると、かたくなって、たってくる」

くりくりと指先でいじられて、そのたびに下腹部にもどかしいような感覚が走る。

「あ、あ……変です……」

「大丈夫、力抜いて、俺に身を任せてて」

そう言うなりリーヴェスが体をずらして、顔を胸に近づけてくる。何を……と問いかける間もなく立ち上がった乳首を口に含まれて、シアナは大きく反応した。

「はぁ……結構敏感なんだな」

「しらっ……ないですっ‼」

「ふふ、怒らなくたっていい。いいことだよ」

「そこでしゃべらないでくださいっ……やっ……だからっ……」

ペロリとその先端を舐められると、背筋を駆け抜けるものがある。切なくて、もっとしてほしいような……でも恥ずかしくて。シアナはリーヴェスの肩に手をかけたまま、力を入れられずにいた。

ちゅっと吸われて、舌先でつつかれて、シアナは悶《もだ》えた。下腹部の疼きがどんどん強くなってくる。自分の股の間が熱を持っているような不思議な感覚に、無意識に太ももを擦りあわせてしまう。

「あっ……殿下っ……ああんっ……胸っ……やだっ……」

「やじゃないって……いいってことなんだって……」

そう言いながらリーヴェスの舌使いがどんどん激しくなっていく。じゅうっと強く吸われて、シアナは甲高い声でないた。

「ふっ……はぁ……」

リーヴェスも呼吸が荒い。彼もきっと興奮しているのだ。そう思った途端に、胸がざわりと騒いで落ち着かなくなる。

「シアナ……」

リーヴェスは再び伸び上がると、触れるだけのくちづけを落としてから、耳元へと唇を寄せてきた。チュッと一度耳にくちづけられ、びくりと跳ねた太ももをなでられる。その手は少しずつ上がってきて、シアナの足の付け根をなぞった。

「んんっ……待って、そこはっ……だめですっ……」

「だめじゃない……ここが大事なとこだろ……」

指先がついにシアナの足の間にあるあわいの輪郭を確かめるように動かされた。浅いところを何度かなでられ、小さな水音とともに指が中に入ってくる。

「きゃあっ……」

シアナはリーヴェスにしがみついて、太ももに力を入れた。これ以上リーヴェスが手を動かせないようにしたいのに。

「……かわいい反応するじゃん」

リーヴェスは耳元でからかうように言うなり、ぐっと指を押しこめてくる。

「できるだけならさないとな」

ゆったりと内側をなでられると、腰の奥がぞわぞわする。声ががまんできなくて力をこめると、彼が艶めいた吐息をもらした。

「……さすが、きついね」

中の形を調べるかのように奥まで指を抜き差しされて、そのたびにぬめり気を帯びた音がたつ。自分の内側からあふれているものがリーヴェスの指を濡らしている。それを思うと恥ずかしさで顔が熱くなってきた。

「どんどんあふれてきた……。まだ狭いけど……やってみるか……」

ちゅぽんと音をたてて指が抜かれ、シアナはぐったりと体を沈めた。

「ちょっと待ってて」

そう言ってリーヴェスはシアナのそばを離れた。

もうこの時点でかなりハードだ。なのに、ここから先もあるなんて耐えられるだろうか。

不安になってリーヴェスを見つめると、彼はようやく自分の衣服を脱ぎ始めた。細身だけれどしっかり筋肉のついた体つきは色気があって、シアナはすぐに目をそらす。視界の端に見えた屹立《きつりつ》も見ないふりをしたかった。

シアナと同じように裸になったリーヴェスが、再びのしかかってくる。今度はシアナの足を開かせて、その足の間に体を入れてきた。

「はっ、恥ずかしすぎます‼」

じっとりとした視線を感じて、シアナは両手で顔を覆った。

「シアナ」

指を絡めるように握られ、顔の横に縫い付けられた。リーヴェスはまっすぐにシアナを見つめている。

「大丈夫だから……全部見せて。俺は君の全部が欲しい」

「殿下……」

シアナの手から力が抜けたのを見て、リーヴェスは微笑んで頭を優しくなでた。

なんて殺し文句だろう。

嬉しい、恥ずかしい、でもやっぱり……嬉しい。

少しずつこわばっていた足の力を抜いていくと、リーヴェスは微笑んだ。そのまま秘所に屹立が擦り付けられる。ぬるぬるした感触でこすられ、それだけで気持ちいいのに、ある一点に触れると、突然の快感が体をかけめぐる。

「あ、あ、あっ……殿下っ……そこっ……やっ……」

「ふうっ……あぁ……ここね……」

不意打ちでリーヴェスの指先が、その敏感な一点に触れる。ぎりぎりかすめるほどのタッチなのに、さきほどの快感が瞬時に呼び起こされて、シアナは下肢を震わせた。

「ふふ、気持ち良さそうな声出てる……」

触れるか触れないかという繊細さで、花芽のあたりを指が往復する。その刺激が切なくて、気持ちよくて……知らず腰がリーヴェスの指先を求めて揺れ始めた。

もっと触れてほしい。頭に浮かんだ願いを自覚して、頬が熱くなる。

まるで頭が沸騰しているみたいだ。

「はぁ……だめ……だめ……」

うわ言のように繰り返しはするけれど、彼からの刺激を求めて腰が動いてしまう。自分でも止められなくて、甘く切ない気持ちが湧き上がった。

「結構……あおるね……」

リーヴェスは熱のこもったため息をついて、指を秘所から離した。

それを名残惜しいと思っていたら、さきほどから擦り付けられていた太くかたいものが、明確な意思を持って蜜口を探りはじめる。リーヴェスの雄の部分はかたくはりつめていて、いよいよ重い衝撃とともに膣《ちつ》へと入り込んできた。

「ああっ……!?」

自分の蜜壺《みつつぼ》が押し広げられ、痛みとともに衝撃が脳天を突き抜ける。

「はぁっ……このままゆっくり……するから」

狭い隘路《あいろ》を、溢《あふ》れ出る愛液のすべりを頼りに、リーヴェスのものが奥へ進んでくる。その圧迫感にシアナの目には涙が浮かぶ。痛い……けれど、自分とリーヴェスが繋《つな》がろうとしているということに、言い知れぬ愛しさが広がる。

「力抜いて……もうすぐ全部入るから……」

「はぁっ……んんっ……殿下っ……」

ずんっと最後に一押しされて、シアナは甲高い悲鳴をあげた。ぴたりとリーヴェスと体が合わさり、全部入ったのだと感じる。自分の内側がリーヴェスでいっぱいになっている……その部分はひどく熱くて、でも嬉しくて……。

「キスしてください……」

そんな言葉が口からすべり出ていた。リーヴェスは目を見開いたあとに微笑み、シアナの要望通りに唇を触れ合わせてくれた。いつのまにか彼は額に汗を浮かべていて、それが一滴シアナの頬に落ちた。

「はぁ……シアナっ……」

「……っあ……殿下……」

どちらからともなく舌を出して絡めあい、口の端からどちらのものかわからない唾液が筋を引く。そんなこともかまわないほどにシアナはくちづけに夢中になり、リーヴェスと繋がれた喜びに涙をこぼした。

「……痛い？」

その涙に気づいたリーヴェスが、シアナの目尻にくちづけを落とす。

「……ちょっとだけ」

正直に答えると、リーヴェスは眉を下げて、困ったようなかすかな微笑みを浮かべた。

「……一応……ゆっくりするように気をつけはする……。あんまり痛かったら言って」

止められるかはわからないけど。

そう小声で呟いて、リーヴェスはゆっくりと腰を動かし始めた。ゆるゆると抜いて、また奥を突いて、そのたびに痛みとともに不思議な感覚が走る。さきほどのような快感とは違うけれど、もどかしいような刺激だった。

今やシアナもリーヴェスと同じくらい汗をかいていて、リーヴェスの抽送のたびにお互いの肌がぶつかり、はりつくような名残惜しさとともに離れる。最初は宣言通りにシアナを気遣うようなスピードだったけれど、シアナが少しずつ艶めいた声をあげたからか、腰の動きに力がこもってくる。

「まっ……て、殿下っ……」

「はっ……はあっ……シアナっ……シアナ……！」

うわ言のようにリーヴェスはシアナの名前を繰り返し、腰を打ち付けてくる。それは少しずつ激しさを増して、シアナは背をしならせた。

「ああっ……殿下っ……わたっ……私っ……」

「全部っ……俺のものだ……シアナ……！」

まるで自分の声じゃないような嬌声《きょうせい》とパンパンと腰がぶつかる音が響く。リーヴェスの荒っぽい息遣いにも酔わされて、シアナの蜜壺はぎゅっと彼自身を締め付けた。

「あっ……くるっ……イくっ……‼」

切羽詰まったようなリーヴェスの声とともに、自分の中にあるそれがぐっと圧迫感を増す。シアナは高く鳴いて、思わず体に力をこめた。瞬間、自分の中に温かいものが放たれた感覚で満たされる。シアナは腰を震わせてその余韻を味わっていたけれど、少しずつ力が抜けていってぱたりと腕を投げ出した。そのままリーヴェスが覆いかぶさってくる。

「……はぁ……」

かすれた吐息が耳に吹きかかり、ふるりと膣の中でリーヴェスのものが震える。シアナはゆっくりとリーヴェスの背中に手をまわして抱きしめた。お互い汗だくだ。

（そこかしこが熱い……）

いまだ細かく震えながら繋がっている自分の秘所も、こうして触れ合っている肌も。

シアナは目を閉じて、リーヴェスの呼吸の音に耳をすませた。まるで早鐘のように波打っていた鼓動の音が、次第にゆっくりと落ち着いて行く。それに合わせるように自分も呼吸を整えながら、自然と湧き上がるのは彼を愛しいと思う気持ち。

――けれど、その感情を素直に唇からこぼすには、足りないものが多すぎる。

シアナはすがりつくように抱きしめる腕に力をこめて、唇を引き結んだ。

四　王太子ティハルトの思惑

ふと目覚めたら、まだ夜の半ばだった。カーテンがきっちりしまっているからというのもあるけれど、室内は眠りにおちる直前と変わらずに暗い。シアナは普段との寝心地の違いに戸惑い、素肌に巻きついている腕の感触に気づいて息を飲んだ。自分も裸であることに、思わず声が出そうになる。

（そうだ、私、殿下と……！）

シアナを抱きしめるリーヴェスの寝顔を見て、息をつく。一気に脳が覚醒して、同時に自分の身に起こったことの記憶が蘇《よみがえ》った。

（夢……じゃない）

現に自分は裸のままで、下腹部がかなり重たい。特に股の間なんていまだにヒリヒリしているような感じすらある。リーヴェスの熱を受け入れた証だ。

どうしよう、どうしようと心の中は大騒ぎだ。

冷静になって考えると、昨日の自分は感情に流されすぎていた。

（なんてことしちゃったんだろ。……でも拒めないよ！　あんなふうにされたら……）

自分を見つめるリーヴェスの熱いまなざしを思い出して、再び体が火照ってくる。思い出してはいけないといましめても、昨晩の彼の興奮した指先や色気のある肢体が浮かんでしまう。張本人であるリーヴェスの寝顔はあどけなく、胸がざわつくのに目が離せない。彼には何か引力のようなものがある気がする。

（寝顔も本当にきれいだな。こんなに近くで見られるなんて、しかも抱きしめられてるなんて……）

いやじゃなかった。むしろ嬉《うれ》しかったし……痛かったけれど気持ち良かった。あんな夜がずっと続けばと願ってしまうくらいに、素晴らしい夜だった。

「……はぁ」

甘やかな気持ちを追い出すように息をついて、シアナは気持ちを切り替えた。夢を見るのはここまでだ。

彼を起こさないように寝台から抜けられるだろうか。せっかく気持ち良さそうに眠っているから刺激したくない。タイミングを見計らっていると、リーヴェスが小さく声を漏らして身じろぎした。眉間にしわが寄って、何かをむずがるような表情が苦しそうなものへと変わっていく。

「うっ……ううっ……」

うなりながらリーヴェスは身をよじり、シアナを抱きしめていた腕は離れた。掛布ごと背を向けられたことで、シアナ自身は静かに起き上がることができる。

けれど、うなされている彼を放ってはおけない。夢の中で何に苦しんでいるのだろう。

「……殿下」

そっと声をかけて、小刻みに震える肩に触れた。

「‼」

その瞬間シアナの視界は反転して、冷たい目をしたリーヴェスに押し倒されていた。まるで獲物に噛《か》み付く直前の狼《おおかみ》のようなどう猛な視線に、知らず体が震える。

「っ……殿下っ」

「……シアナ？」

けれど、その瞳はすぐに理知的な輝きを取り戻した。

「あー、ごめん。そうだったな、思い出した」

押さえつけていた力がなくなり、リーヴェスが起き上がる。彼はゆったりとした動作であくびをすると、驚かせてごめんとすまなそうにした。

「嫌な夢でも見たんですか？」

「……うん、ちょっと。もしかして寝言言ってた？」

「うなされてました。……あの、気付け薬よりも夜にぐっすり眠れる薬があった方がいいんじゃないですか？」

朝にすっきり目覚められないのは、眠りが浅いからではないだろうか。けれどリーヴェスはゆるく首をふった。

「深く眠りすぎると、何かあったときに動けない。たとえば、この部屋に侵入者が来ないとも限らないだろ？」

知らない間にあやつられていた時を思い出しているのだろうか。そう言うリーヴェスの目に一瞬だけ怯《おび》えのようなものが見えた。彼の恐れが伝わって、言葉につまってしまう。

同じ人物として同じ人生を繰り返し生きなくてはならないという枷《かせ》。一度ならず二度も自分の意にそわない筋書きをなぞらされるのは、嫌に決まっている。それから逃れようとしているリーヴェスの心には、どれくらいの負担がかかっているのだろう。どんなに想像してもきっとシアナにはわからない。

「……おまじない、しましょうか？」

せめてもの慰めになれたら。

そう思って言ってみると、リーヴェスは「どんなの？」と目を細めた。

「楽しい夢が見られるようにっていう……簡単なものですけど」

リーヴェスがうなずいたので、シアナは目をつぶるよう伝えた。素直にリーヴェスのまぶたはおりて、まつげの長さが際立っていた。

「今から眉間にさわりますね」

ぽっと指先に小さな魔力を灯して、シアナはリーヴェスの眉間に触れた。

「夜は楽し、まどろみの中の愛し子よ」

何度かなぞりながらそっと囁《ささや》く。シアナが子供の頃に母からしてもらっていたおまじないだ。たまに眠れない夜はこうして眉間をなでてもらうと、気持ちよくなって眠りに引き込まれていた。あの時の母の優しい指先を思い出しながら、リーヴェスの眉間をなでる。

「殿下がゆっくり眠れますように」

「……ありがとう」

しばらくすると健やかな寝息がリーヴェスからこぼれ始めた。シアナは指を離して、しばらくはじっと息を潜めてその寝顔を見つめていた。リーヴェスの呼吸はだんだんとゆったりしたものに変化していって、完全に眠りの世界に引き込まれていく。

このまま朝まで眠れますように。

シアナはそろそろと寝台を出る。降り立った瞬間に足に力が入らなくて、バランスを崩しかけたけれど、なんとか踏ん張った。まるで足全体が筋肉痛というか……とにかくだるくて重たい感覚があった。

(……ほんとにしたんだな、殿下と)

衣服を身につけ、寝室の扉を閉める直前にリーヴェスの様子を確認したけれど、ゆったりとした寝息は変わらない。どうやら深い眠りに引き込まれているようだ。

このままリーヴェスが起きないうちに自分の部屋に戻ろう。朝までここにいたら、お互いに大変なことになる。

シアナは唇をかみしめて、暗躍のローブをしっかりと着込んだ。

＊＊＊

リーヴェスがヘイドルーンに旅立って一ヶ月がたった。

あの夜のことは二人で話し合った結果、ひとまず保留することになった。

夜中のうちにシアナが勝手に自室に戻ったことは、リーヴェスにとってかなりショックな出来事だったらしい。翌朝リーヴェスが温室に乗り込んできた時の迫力といったら、今でも変な声が出そうになるほどのものだった。彼は「とりあえず内々の婚約者ってことで良くない？」と言ったけれど、シアナは固辞した。

自分ではリーヴェスの相手として不相応だ。誰にもバレないように協会の薬品棚にある避妊薬を飲んだので、彼が責任を感じる必要もない。

ただ、それをそのまま伝える勇気は出なくて、シアナはただひたすらに「今後のことは改めて考えたい」と懇願した。リーヴェスは色々と言いたいことがありそうだったが最終的には承諾してくれて、彼が視察から戻ったらもう一度話し合うことになったのだ。

（とは言っても、そもそも私に選択権なんてない話なんだよなぁ……）

今まで王族が平民と婚姻を結ぶなんて前例はない。良くて愛人だ。

もしも彼が運命を切り開けた暁には、ふさわしい地位を持った女性がその隣に立つことになるだろう。胸が苦しくなるけれどそれが順当な未来なのだ。諦観する気持ちの方が強かった。

そうやって半ば無理やりに気持ちの整理をつけて、温室管理や秘薬作りに励みつつ書庫に通う日々を過ごしていた。その甲斐《かい》あって、呪いに必要な素養や効果を補助する魔道具の存在についてもわかってきている。リーヴェスが帰って来た時には有用な情報を提供できるだろう。

そんなある日の夕暮れ時。シアナはリーヴェスが聞いたら盛大に顔をしかめそうな人物——ティハルトの自室を訪れていた。発端は、昼過ぎにティハルトが温室にやってきたことだった。温室で育てている光花《ひかりばな》の株分けを頼まれたのだ。

光花は、真っ白い綿毛のような花をいくつもつける植物で、魔力を注ぐとその白い花が光ることから『光花』と名付けられている。魔術師の部屋にはインテリアの一つとして飾られることも多い花だ。自室へ持って来てほしいと言われ、最初は同僚がその役目を負おうとした。しかし同僚はティハルトから別の仕事を命じられ、代わりにシアナが届けることになったのだ。

(まさかこんなことになるとは……!)

気をつけろと言われた人物の懐に入り込むような真似をするなんて。

シアナは落ち着かない気持ちでティハルトの部屋をそっと見渡した。つくり自体はリーヴェスの部屋と同じようだった。二間続きとなっていて、奥の扉の向こうは寝室だろう。広さや調度品の高級感は同じ。ただ……。

（王太子殿下の部屋が、こんなに散らかってていいの⁉）

天井に届く高さの本棚が壁一面に並び、作業台とも言えるような大きな四角いテーブルが部屋の中央に置かれている。その上には書類や本が山を作り、見たことのない形の魔道具が並び、薬品のビンがいくつも置かれている。これではテーブルというより物置きだ。

床の上にも得体の知れない道具が転がっているし、何枚かの書類は絨毯《じゅうたん》の上に落ちているし……かなり雑然としている。普段の涼やかで完璧な姿からは想像もつかない部屋の様子に、シアナは絶句してしまった。

ティハルトは光花をテーブルの上のかろうじてあるスペースに置くと、椅子の上にも積み重なっていた本をどけ、シアナを振り向いた。

「お待たせしました。ここに座ってください」

「あ、ありがとうございます」

すすめられるままに椅子に座り、シアナはもう一度注意深く辺りを見回した。

（どうしてカーテンを閉めてるの……？　西日が強いから？）

ずらりと並ぶ本を日焼けさせないようにしているだけかもしれない。シャンデリアの光のおかげで室内は適切な明るさが保たれているのだが、なんだか落ち着かない。おそらく部屋全体にティハルトの魔力が満ちていて、まるで監視されているような圧迫感があるからだ。

（これはチャンス……？　それともピンチ？）

彼は原作では真面目で好感の持てるキャラクターだった。リーヴェスの断罪後から始まった八巻は彼が主人公で、弟の裏切りに深く傷つき苦悩しながらも、新しい国王として国内の乱れをおさめていく姿が描かれていた。

けれど、今はその印象を信じすぎてはいけないと思っている。

リーヴェスからティハルトを警戒していると聞いてから、シアナにとっても彼は要注意人物だ。

光花が欲しいだけならば、シアナにわざわざ届けさせなくても護衛騎士を温室に寄越すことだってできたはずだ。

王太子の部屋なんて別世界も同然だし、そもそもティハルト自身もあまり人を入れたがらないと使用人から聞いたことがある。彼は自室でも魔術の研究にいそしんでいて、その道具や書類を他人に触れられたくないらしい。そんな部屋に招かれるということは、やはり何かあるのではと勘ぐってしまう。

ノックの音とともにメイドがティーワゴンを運んで来た。彼女はこの部屋の状態に慣れているのだろう。表情を動かすことなくティハルトのそばにワゴンを置くと、てきぱきとお茶の準備を進めた。ポットから注がれる紅茶から、ほのかな湯気と甘い香りがただよう。小ぶりなバスケットには焼菓子も盛られていた。

「少々行儀が悪いですが、このままお茶をいただきましょう」

メイドを退出させた後に、ティハルトはワゴンをシアナの脇につけた。テーブルの上に茶器を並べるスペースがないから、ということだろう。それは良いのだが、ティハルトがシアナのすぐそばに椅子を移動させて座ったことには驚いた。これでは近すぎる。膝を付き合わせるような間柄では決してないのに……。

「あ、あの、ティハルト殿下……」

「どうぞ、遠慮せず。――私は先に花に魔力を注いでいいでしょうか？」

「あっ、はい、もちろんです！」

ティハルトは微笑んでから、光花へと手を伸ばす。彼の魔力は美しい青色の光だった。髪の色と似て静謐《せいひつ》な雰囲気がある。その淡い光が花に吸い込まれ、みるみるうちに白い花が青く輝き出した。幻想的な美しい光は彼自身の雰囲気にとても似合う。底知れない魔力を持ち、腹の底を決して容易には見せない――。

もしも彼に人をあやつる魔術について尋ねたら、どんな答えが返ってくるのだろうか。

何せ彼は高位の魔術師である。

ポテンシャルが大きい上に、知識の発掘にも貪欲。書庫には膨大な魔術に関する資料があるが、その大部分を読了し記憶しているらしい。この部屋の中にある本棚や薬品、魔道具の数々を見ても、彼が魔術に精通していることに疑いはない。

聞けば必ず何かしらの答えをくれるだろう。

（でも聞いたら、確実にあやしまれるもんなぁ……）

なんとかしてそういう話に誘導できないだろうか。せっかくこうしてティハルトと二人きりなわけなのだから。

そう思いながらティハルトを窺《うかが》うと目が合った。何かを探るような視線は、おそらくお互い様。やはり兄弟、雰囲気はリーヴェスとよく似ている。リーヴェスの方が目つきが鋭いけれど、視線は優しい。ティハルトは目は大きくて親しみやすそうだが、視線に抜け目がない。

「あなたの占い、当たるって評判ですよね」

しばらく沈黙が続くかと思っていたが、意外にもティハルトはすぐに口火を切った。

リーヴェスの話題になると思っていただけに拍子抜けだ。

「ありがとうございます。ちょっとした占いですが……」

「噂《うわさ》を聞いてから、ずっと気になってたんです。それってどんな魔術ですか？」

「魔術……なんでしょうか。私にもよくわからなくて」

「やっぱり興味ありますね。リーヴェスもよくあなたに占ってもらってましたもんね」

「……よろしければ占いましょうか？」

「ええ、ぜひお願いします」

シアナとしても好都合だ。彼が何を考えているのか、その片鱗《へんりん》が見られるかもしれない。

両手を出してもらい静かにふれる。ティハルトの手はリーヴェスとは違いほっそりとしていた。彼の瞼《まぶた》がおりるところを見てから、シアナも目を閉じた。

（……さあ、やるわよ）

かすかな緊張とともに魔力をこめる。自分の内側を流れる魔力が指先からティハルトに流れ、そしてすぐに戻ってくる。その最中に見えたビジョンは――ティハルトと自分がキスをしている姿だった。

「えええっ⁉」

思わずパッと手を離す。

(どうして⁉　意味わかんない！)

「何が見えましたか」

ティハルトはとっくに目を開いていて、さきほどよりも強い視線を向けてきていた。もうその顔は微笑んでいない。

「今、私から何かを読みましたね」

そう言いながら、ティハルトはシアナの手首をつかんできた。しなやかな指先に力がこめられ、ぐっとくいこんでくる。

「……そうか、占いじゃなくて予言に近いものだったんですね。相手の心を読み、それを元にそれらしいことを伝えていた……なるほど」

たった数秒のことから推測を重ねていく。彼の頭の回転の速さにぞっとした。あっというまにこの占いの仕組みがばれてしまった。

「もう一度聞きます。何が見えましたか」

ゆっくりと響いた言葉に底知れぬ迫力を感じて、今すぐ逃げなければと危機感が募る。

「殿下はお元気そうでした！　見えたのはそれだけです！」

そう言って椅子から立ち上がろうとしても、彼は手を離してくれなかった。怜悧《れいり》な視線が突き刺さる。

「……すぐにばれる嘘《うそ》はいけませんね」

ティハルトは立ち上がると、そのままシアナの手首を引いた。身をよじって逃げようとしたけれど、もう片方の手を腰にまわされて密着状態になってしまった。抱きしめられているというには甘さのかけらもない。彼から放たれているのは殺気に近い。

「あっ、あの……」

「言いなさい。……今、何を見たんです？」

ティハルトの美しい顔が近づいてくる。あたりには不穏な空気がただよい、まとわりつく魔力が重しのようにシアナを圧迫してくる。

(何か言わないと……！　でも何を⁉)

自分とキスしてましたなんて絶対に言えない。けれど他にどうごまかせば――。

頭の中で様々な選択肢がめぐり視線が泳いでしまう。その反応を見て、彼は疑いを深めたようだった。

「私と同じように、リーヴェスの心も読み取っていたということなんですね。……できればそちらも教えてもらいたいものだけど……どうしたら聞けるでしょう」

ぞっとする。彼の目が底光りして、何かを企んでいるのがありありと伝わってくる。低く、ゆったりと紡がれた言葉には棘《とげ》があった。

「残念ですよ、シアナ。あなたは真面目な魔術師だと思っていたのに。……リーヴェスに取り入った理由はなんですか？」

「取り入ったわけじゃ……！」

「ただ愛人になりたいだけではないでしょう？」

「だからそもそもそういうんじゃなくてっ……」

言い訳は最後まで言わせてもらえなかった。シアナの手首をつかんでいた手が後頭部にまわされ、息を吸い込もうとした瞬間にくちづけられていた。

「んーーーっ！」

力強く押し付けられた唇から、何かが入ってくる。最初は舌かと思ったけれど、それはティハルトの魔力だった。頭の中に不思議な感覚が広がっていく。薄暗くて、淀《よど》んでいて……ひどく不快なものだった。

「やっ……いやっ……！」

渾身《こんしん》の力をこめて、ティハルトの胸を押す。ティハルトはよろめいて、後ずさった。その唇が湿り気を帯びて艶めいている。

「さあさっきの質問に答えてくれますね」

ティハルトの言葉が脳内に直接に響く。ずきんと頭が痛み、あっというまに割れるような強いものに変わっていった。どんどん呼吸が荒くなっていき、額に脂汗が浮かぶのがわかった。何らかの強制力をもった魔術をかけられている。それだけはわかった。

（痛い……いやだ……話したくない‼）

こだまのようにティハルトの「話しなさい」という声が頭の中にめぐる。それに誘われるようにシアナの口は開きかけて、あわててこぶしを作って歯を立てた。

「……なぜかからないんですか」

そんなの理由は一つだけだ。こんなやり方に負けたくない。

涙目でにらみつけると、ティハルトは無表情でシアナを見つめていた。けれど数秒の後、先にティハルトが顔をそらす。

「まあいいでしょう、今の態度は不問にしてあげます。……話したくなったらいつでもここに来なさい、歓迎しますよ」

ティハルトがパチンと指を鳴らした瞬間、背後の扉が急に開いた。もう話を続ける気はないのが明白だ。シアナは飛び出すようにして部屋を出たのだった。

＊　＊　＊

ヘイドルーン城塞都市は、国境の防衛の要だ。その城壁は国境をなぞるように長く続き、等間隔で大砲が並ぶ。その昔、ユルに攻め込まれた時にはこの城壁の防御力の高さが国を守ったとの声も多い。

主城の脇には立派な鐘楼がそびえたっている。その荘厳な鐘の音を背に、リーヴェスは地下へと続く階段を下りていた。ひとしきり城内や要塞を視察した後のことである。

彼を先導するのは、ヘイドルーン城主のアレンス公爵。年齢は四十を超えたはずだが、鍛え抜かれた肉体は衰えが見えず、体つきはリーヴェスよりひとまわり大きい。ともに歩いている護衛も彼同様、屈強な男だ。ただ階段を下りているだけなのに二人のまとう空気は張りつめている。

一方で、リーヴェスの隣を歩く公爵の息子はその限りではなかった。彼の方は父親から武芸の才を受け継がなかったともっぱらの噂で、肥えた体を左右に揺らして、息を切らしている。

リーヴェスの配下は鐘楼の入口で押し留められているから、味方は一人もいない。

(背後から数人来てるな)

交渉の結果次第で、出番があるかもしれない手練れの者たちだろう。前回と同じならば、これから入る武器庫の天井裏にも何名かひそんでいるはずだ。

「……リーヴェス殿下にだけは、こちらをご覧いただきたいと思っていたのです」

もったいぶったアレンス公爵の声とともに、分厚そうな扉が開いた。木箱が積み重なり、壁には数々の武器がたてかけられている。一目みただけで武器庫だとわかる作りの部屋だった。

「驚いたな。こんな場所に武器の予備庫があったとは」

武器庫には、使い手の背丈ほどあろうかという長弓にクロスボウ、投擲《とうてき》用と思しき槍《やり》など。どれもアルニム国内では生産のされていない武器ばかりが保管されている。

リーヴェスは「これは……」と手で口元を覆った。絶句したふりをして口元はリラックスしたまま。都合三度目となると、驚きようがない。

それでも小銃だけは、どうしても目が釘付《くぎづ》けになった。さすが鉄鋼技術に優れた国の武器だ。アルニムの数歩先を歩いている。鋼鉄の銃身が鈍く光る姿は、発射される弾のおそるべきスピードを容易に想像させた。

アレンス公爵がひそかにユルの重鎮と繋《つな》がって、こうして武器の密輸をしていることは原作の知識で知っていた。おそらくアルニム城の誰もまだ気づいていない。国王が持ち前の勘の良さで、きな臭いと思っているくらいだ。

「武器の新規開発を進めているとは聞いていなかった気がするが……」

「リーヴェス殿下、我々はアルニム王国を愛しております」

公爵の目が光り、せつせつとした言葉が続いた。

国をいつまでも繁栄させるためには、内需を高める必要がある。たびかさなる国王先導の外征で、国民は疲弊している。農家や職人、商人などの働き手まで兵士として駆り出されることで、各地の農作物の生産量は落ち、経済も停滞している。

諸悪の元凶である国王の外征特化の政治を止めたい。もはやそのために議会でできることは尽きている。こうなったら武力行使しかない——つまり、リーヴェスを旗頭としてクーデターを起こしたい。

公爵は額に汗を浮かべて、熱弁をふるっている。

（はぁ……長いな……）

一回目の時は衝撃しかなかった内容を、リーヴェスは眉一つ動かさず聞いた。部分的には自分の考えと一致するところもあった。国民が疲弊していることは道中でも感じたし、荒れ果てて放置されている田畑を苦い思いで駆けて来た。

けれど、クーデターは失敗する。国を変えたいのならば、違う方法を見つけないとならない。その基本的な考えはもう揺るがない。

前回はここで突っぱねたのだ。そして隠れていた兵に襲われ、命からがら逃げ出した。けれど最終的には同じ道をたどってしまった。もう同じ過ちは繰り返さない。

（今回はきちんと、原作通りに――）

『気をつけてくださいね！　本当に‼』

出発前に必死に言い募って来たシアナの顔を思い出して、リーヴェスはあわてて口元をおさえた。知らず口の端が上がりそうになったから。彼女は原作の流れを知っているというのに、しつこいくらいに『無言ですよ！　沈黙は金ですよ！』と繰り返した。

前回の人生で怪我をした話が、彼女の心にやけに深く残ってしまったのだろう。その必死な姿を思い出して、それからつい思考があの夜のことへと移行する。戸惑いながらも、最後に自分にすがりついてくる姿はたまらないものがあった。

――彼女に対しての特別な感情を、あんなに早く噴出させるつもりはなかった。

せっかく見つけた初めての同志。それだけでもシアナはリーヴェスの中で特別だったし、彼女のひたむきな姿や花がほころぶような笑顔に惹《ひ》かれていると気づいていた。

本当はもっとゆっくり、時間をかけて手に入れようと思っていたのだ。

（でもあいつ……あの書庫番……）

作業室に入った時、二人がキスをしているのかと思った。それくらいに近い距離だというのに、シアナはまるで意識していなかった。

あの時のファルカの挑戦的な視線を思い出すと、リーヴェスの心に嫉妬の炎が燃え上がる。彼もきっと自分と抱く想いは同じだ。直感でわかった。言葉ではどうとだって言えるし、シアナが全く気づいていないのは幸いだった。

このままだと、自分がいない間にファルカにシアナを奪われる。

（そんなことは許さない）

自分の境遇を知ってから、リーヴェスはずっと孤独だった。誰にも話すことができず、二回目の人生はたった一人で運命と戦った。そして今、ようやく見つけたのがシアナなのだ。ただの同僚なんかに奪われるわけにはいかない。

今頃シアナは何をしているだろう。そんなことを考えながら、リーヴェスにはもう一つの懸念についても思考を巡らせた。

（あとは兄上がどう出るか……）

リーヴェスの不在に乗じて、きっとティハルトはシアナに探りを入れるだろう。それより一歩進んだこともするかもしれない。

クーデターを画策する者にとって、突如あらわれたシアナの存在はひどく気になるはずだ。きっと彼女を調査して、取り入れるか排除するかの行動に移すに違いない。

（護衛を置いてきたから大丈夫だとは思うが……）

シアナの笑顔を思い出して、胸がつきんと痛んだ。この針に刺されるような痛みは、リーヴェスの中でくすぶる『良心』だ。彼女のことが大事で特別に想っている。けれど今こうして離れている間に、彼女の身に何が起こるかを冷静に見極めたいとも思っていた。

（帰ったら、必ず……）

そうやって思考を巡らせているうちに、話は終わりを迎えようとしていた。

「我々はリーヴェス殿下に国王になってほしいと思っているのです」

不意に公爵の息子がすっと近づいてきて、あわててリーヴェスは脳内のシアナの顔を遠くへと追いやった。

何事もなければ、いつかはティハルトが国王として即位する予定である。彼は国政にあまり興味がないと思われているから、不安なのだろう。退任後の国王がティハルトを傀儡《かいらい》として、結局は自分の意のままに国を動かすのではないかと……。

「リーヴェス殿下が一声あげれば付き従う諸侯は多いでしょう。それほどにあなたの武勇は輝いている」

「施政者のすべきことは剣を振り回すことではないぞ」

「ごもっともでございます。しかし、革命には先手が必要です」

(茶番だな)

現国王を退かせられればなんでも良いのだ。もし革命が成功したら、彼らだって自分を傀儡にするつもりだろう。

リーヴェスはひっそりとした笑みを隠して、口元を引き結んだ。これから先に起こることをある程度知っている優位性は大きい。

ただその心の余裕がアルニム城に帰還した途端に塵《ちり》となることを、今のリーヴェスはまだ知る由もなかった。

五　恋にまどう

　ティハルト王太子。

　あの人は完全に『クロ』だ。真っ黒だ。

「や……ばい……」

　ティハルトの部屋で起きた衝撃的な出来事から一夜明けると、シアナは朝の鐘がなってすぐに魔術師協会に飛び込んだ。書庫の前では、ちょうどファルカが鍵を開けようとしている。タイミングはばっちりだ。唐突なシアナの登場に、ファルカはフードを外して、素直に驚いた表情を見せた。

「どうしたの、朝早すぎじゃない？」

「の……ろい……」

「何そのダミ声」

　そう。シアナの口は何かしらの魔術をかけられている。しゃべろうとすると喉がひきつれて、発声するのがかなり困難になっていた。加えて魔術も使えない。魔力を練ろうとすると激しい頭痛におそわれるのだ。――何もできなかった。

昨日ティハルトの部屋から追い出されて自室まで戻った頃には、異変に気づいていた。

自分の中に何か別のものが棲《す》んでいるような不快な感覚。それが、シアナが魔術を使おうとすると邪魔してくる。呼吸はできるけれど声を発することはままならず、まんじりともしない夜を過ごすことになった。

ひとまず中にと、ファルカは書庫の扉を開けた。いくつか並ぶ閲覧席の一つにシアナを落ち着かせた後、カウンターから紙とペンを持ってきて、シアナに差し出す。

「今しゃべるのつらいんでしょ。これに書いて」

「あ……り……」

「いいから早く」

これ以上ない的確な対応に背中を押されながら、シアナは昨日あったことを書きつらねた。それをファルカは隣から覗《のぞ》き込んでいたが、シアナが最後まで書き終わる頃には眉間にしわを寄せていた。

「……ティハルト殿下がシアナにかけたのは、自分の魔力をまとわせた部分を思いのままにあやつる魔術だと思う。口にかければ、術者の意のままにしゃべらせることができて、同時に、術者の意に反することは口にできない」

（あやつりの魔術‼）

シアナは衝撃に震えた。やっぱりティハルトは使えるのだ、人をあやつる魔術を。

だとしたらリーヴェスの推理通り、彼をあやつったのはティハルトなのだろうか……。

「呪いとまではいかないけど、相手を害するための魔術で基本的には使うなっていう類のやつ。しかもご丁寧に殿下は体液を媒介にしてる。それが従属系の魔術の効果を上げるってことは知ってるよね？」

シアナは神妙な表情でうなずいた。最近読んでいる本にも書いてあった。

呪いをかける時に自らの血などを相手に与えれば、相手との結びつきが強まり、術の威力を強めることができると（ちなみに呪いのかけ方としては、この体液を使う方法と魔道具を使う方法とあるようだった）。

唇が重なった瞬間に流れ込んできた嫌な気配を思い出して、ぶるりと背筋に悪寒が走る。

「……ほんっとにどいつもこいつも」

ファルカが舌打ちせんばかりの怒気を声ににじませた。彼にしては感情的で、シアナは自分の状況も忘れて目を瞬かせた。

「……そんな顔しなくても大丈夫だよ。やろうと思えばすぐ解けるから」

（そうなの⁉）

声が出ない分、シアナは身を乗り出した。

「……かけられた時と同じことをすればいい。キスして、魔力を流し込んで相殺する」

ファルカはそう言って、シアナの唇に触れてきた。その指から流れ込んでくる魔力は優しい。じんわりと唇があたたかくなってきた。

「うん、そこまでひどい量の魔力が入ってるわけじゃない。……どうする？　僕でよければ解くけど」

（えっ、キス⁉　ファルカと⁉）

ファルカの淡々とした様子からは何の感情も見えない。治療のためのキス、という意味合い以外はないからだろう。

こんな状態はつらいから、すぐに治してほしい。

なのに……すぐにうなずけなかった。

（キスするなら……）

どうしてもリーヴェスの顔が浮かぶ。

頬を染めたシアナを見て察するものがあったのかファルカは大げさにため息をついた。

「まさかリーヴェス殿下を待つつもり？」

シアナがうなずくと、ファルカは忌々しそうにため息をついた。

「確かにリーヴェス殿下の魔力でも解けるとは思うけど……。あの人、まだ帰らないでしょ。ずっとこんな状態で過ごすつもり？」

いや、帰ってくる。原作通りなら今頃はもう帰途についているはずだ。あと数日で帰還するはずだから、それくらいならばこのまま……。そう思うシアナに、ファルカは厳しい。

「キスしたいなら、帰ってきた時にいくらでも頼めばいいじゃん。リーヴェス殿下ならしてくれるでしょ」

「そ……れでも！」

真っ赤になって首をふるシアナを見て、ファルカはこれみよがしに呆《あき》れた顔を見せた。

「ほんっと色ボケしてるね。こんな状態になってるの、半分以上はリーヴェス殿下のせいだって気づいてないの？」

リーヴェスのせい。

「そ……んなこと……ない」

もともと気をつけろと言われていたのだ。あの鉢植えを運ぶ時に同僚にも手伝ってもらえば良かった。一瞬でもティハルトをさぐろうなんて考えた自分のせいだ。

「あんなやつ、かばうな」

ファルカは珍しく声を荒げた。断定する言葉尻も珍しい。けれどそんな自分にファルカ自身も驚いたようで、口元を手でおおって深く息を吐いた。それを何度か繰り返した後は、もういつもの彼だった。

「シアナは、おとりにされたんだよ」

それは低く、ともすれば風に消えるほどの小さな声だった。

けれどシアナはしっかりとその言葉をひろい、顔をしかめる。その反応を見てから、ファルカは顔を伏せた。

「最近、国王に反旗をひるがえそうと企む人間がいるって話がある。彼らは水面下で仲間を集めてて、その有力候補はリーヴェス殿下だって……そういう噂《うわさ》」

どくんと心臓が脈打つ。

「殿下がどう考えているのかは知らない。でも確実に、そういうやつらに接触はされてるだろう。そんな曖昧な状態で、シアナが突然殿下のお気に入りとして噂になってる。……うまくいけば利用できるかもしれない。そう考える人間が出るのは想像がつく」

ファルカは薄暗い瞳を向けて、淡々と続けた。

「誰が味方か、誰が敵か。……誰が国王派か、その逆か。リーヴェス殿下はシアナを使って、そのあたりを把握しようとしてるんじゃないの。もしシアナを危険から遠ざけたいなら、せめて噂は否定しなきゃいけなかった。でも殿下はしなかった」

そんなことはない。

そう言いたいのに、普段のように声を出せない自分が恨めしい。

「シアナが好きだって言ってる人は、そういう人だよ。自分のためにまわりを使う。——覚えておいた方がいい」

＊　＊　＊

数日後。リーヴェスは原作通りに、アルニム城に帰還した。その日は朝から迎えの準備で城内が慌ただしく、シアナも厨房《ちゅうぼう》に駆り出されて芋の皮むきを手伝った。魔術が思うように使えない今、こういう単純作業の方がありがたい。

シアナの口には、いまだティハルトの魔術がかかっている。ファルカに散々なことを言われたけれど、どうしてもリーヴェスを待ちたかったのだ。幸いティハルトは公務が忙しいらしく、シアナの前に姿は見せていない。

（今日の夜、会いにいけるかな……）

厨房での手伝いを終えて温室に戻って来たシアナは、ぐんぐんと枝葉を伸ばしている木の剪定《せんてい》をしていた。ちょきん、ちょきんと歯切れの良い音とともに枝が自分の手の中に落ちてくる。それを脇のバスケットに落として、また新しく枝をつかむ。作業を繰り返しながら、リーヴェスのことばかり考えていた。

帰って来たその日だと疲れているだろうか、明日にした方がいいだろうか。そもそもしばらくは視察の報告書作成などで忙しいかもしれない。

もんもんと考えるシアナだったけれど、それは杞憂《きゆう》に終わった。いつになく焦った様子でリーヴェスが温室に入って来たからだ。

これにはシアナはもちろん、同僚も驚いた。

分厚いマントをまとった旅装姿のリーヴェスは、まさに帰って来たばかりのように見える。出発前よりも少し日に焼けたような気がする。彼は、剪定バサミを持ったまま呆然《ぼうぜん》としているシアナの手首をつかんだ。

「話は聞いた。来て」

短くそう言われ、ぐいと引っ張られる。あわててハサミをポーチにしまい、つんのめりながらついていく。同僚たちは突然の王子の登場と行動にかたまっていた。

（聞いたって、誰に⁉）

しかも、こんなふうに目立つ行動をするなんて！　部屋にローブを取りに行く暇もなく、彼の部屋へ連れて行かれた。途中で何人もの兵士たちとすれ違ったけれど、まるでイノシシのように前しか見ないリーヴェスの勢いに気圧されるだけ。シアナからその表情は見えないけれど、相当に迫力があるようだ。

いつになく荒々しく扉を開けて、押し込まれるようにして室内に入る。あまりの勢いに転びそうになったけれど、そこはリーヴェスにしっかりと支えられた。

「シアナ……声出してみて」

「で……んか……」

シアナはあわててポケットに入れてある紙を取り出して、リーヴェスに渡した。口で説明できないからと用意しておいたもので、内容はティハルトにかけられた魔術のことと、それを解く方法について。リーヴェスは真剣な表情でそれを読み切ると、がばりとシアナを抱きしめた。こうして腕の中に包まれると、太陽の香りがする。

「今すぐ解こう。……いい？」

シアナはうなずいて心もち顔を上にあげた。リーヴェスは、眉を下げ口元だけで笑みを作っていて――なんだか不思議な表情だった。目を閉じるように言われそれに従う。頬に大きな手が添えられたのがわかった。

ふわりと触れてきた唇は柔らかい。

ティハルトからの押し付けられたようなくちづけとは違う。リーヴェスからのくちづけは、シアナを気遣ってくれるような優しさがあった。彼の魔力が柔らかく唇を包みこみ、じわりと染み込んでいく。

この後に話すべきことを全て追いやって、シアナははぁ、とふやけた息を吐いた。

少しずつ自分の中にある黒いもやが消えていくのが感じられる。その途中でリーヴェスが唇を離そうとしたから、あわてて追いかけてシアナは自ら唇を合わせにいった。びくりと彼が身じろぎしたのがわかったけれど、あと少しですからと心の中で謝る。

そうしているうちに完全に黒い気配が去っていく。きっともう大丈夫だ。シアナは唇を離して目を開けた。リーヴェスはくちづけをする前よりも心配そうな表情になっている。

「殿下……」

呼びかける自分の声は普段通りで、頭もすっきりしている。

「うん、ちゃんと声が出ます。ありがとうございました」

「魔術も使ってみて。簡単なのでいいから」

シアナは首肯し、おそるおそる魔力を呼び起こしてみる。じんわりと温かい魔力が自分の中をかけめぐり、一つの大きな流れを形成していく――いつも通りの感覚をしっかり取り戻せていた。これで魔術も使える。

「うん、ちゃんと魔術も使えます。本当にありがとうございました」

ほっと息をついてから、シアナはリーヴェスの腕から抜け出した。どこか名残惜しそうに腕をおろす彼の表情は、いつになく曖昧だ。

何かを言いたそうだけれど、ためらいが見える。

だからシアナが先に言うことにした。

「殿下。……私をおとりにしたんですね」

甘いキスの余韻がかき消えるような、かたい声になった。

あの時ファルカが苦虫をかみつぶした顔で教えてくれたことを思い出して、ゆっくりとそれを伝える。まさかと笑い飛ばしてくれたら……そう心のどこかで期待していた。けれど、そうはならなかった。

リーヴェスは最初は沈黙を守っていたけれど、やがて重々しく口を開いた。

「確かにシアナの存在を気にして、誰かが動くだろうとは思ってた。……でもまさか兄上がこんな強硬手段に出るとは予想外で……軽く考えすぎてたんだ。……本当にごめん」

ここですぐに気持ちを切り替えてこの謝罪を受け入れられたらいいのに、口が動かない。気持ちの切り替えは得意な方だと思っていたけれど、全然だめだ。このかたい心を持て余してしまう。

「言ってくれて、良かったんですよ」

長い沈黙の後、シアナは声を振り絞った。

「……殿下の未来のために協力したいと言った気持ちは本当です。もし出発前にそのことを伝えてもらえたなら、私は………」

利用されているという事実に、傷つかなくても済んだのに。

そこまではもう言えなかった。

涙がほろほろとこぼれて、ぬぐってもどんどんあふれてくる。リーヴェスの帰りを待つ間じっと隅で丸くなっていた気持ちが、ようやく出口を見出せたと飛び出してきているのだった。

「私を抱いたのも、その一環ですか」

「違う！」

即座に反発されたことで、わずかに溜飲《りゅういん》は下がった。

でもその場しのぎかもしれない。そんなふうにすぐに疑う気持ちが湧き上がり、一度そう思ってしまうと、そうとしか受け取れなかった。

「言葉がすぎました、すみません。——今日は帰ります」

ポケットから出したハンカチで涙をおさえてから、頭を下げる。顔を見られたくなくて、彼の視界から逃れるようにきびすを返した。

「シアナ」

このまま帰らせてほしい。一人にしてほしい。

そう思うのに、シアナはリーヴェスの腕の中にとらわれた。そうされて自分が細かく震えていることに気づき、彼のぬくもりにまた涙がこみあげる。

「このまま帰したら、もう二度と戻ってこない気がする」

「……来ますよ。ちゃんと調べてることもあるので」

「声がかたい」

「それは……仕方ないと思います」

答えの代わりに、抱きしめられる力が強くなった。しかも首筋にリーヴェスが顔をうずめてきたせいで抜け出せない。

「行かないでくれ」

「……殿下」

「悪かった。……本当にそうだな。前もって言っておけば良かった。護衛もつけたし、何かあるとしてもちょっとした接触だけだろうと、たかをくくってたんだ」

危険な目にあわせてすまない。

謝罪の言葉が繰り返されるたびに、シアナを抱きしめる腕に力がこもってくる。

「……向こうでずっとシアナのことを考えてた。早く会いたくて、こうして抱きしめたくて……」

きっと何もなければ嬉《うれ》しくて舞い上がっただろう。

けれどシアナの心は氷に覆われている。それを溶かすには、その言葉は火種にもならなかった。

「どうやってそれを信じればいいんですか。……もういいんです。魔術をといてくれて、ありがとうございました」

時。

「納得してないのに、いいなんて言わない方がいい」

「だって……じゃあどうしろって言うんですか！」

止まったと思ったはずの涙がまたこみあげてきて、今度こそ腕の中から逃れようとした時。

大きな手がシアナの頬をさらい、強引に上向かせられる。彼の宝石のような目も潤んでいた。

「信じてくれ。……シアナを失いたくない」

「……あの夜のことは忘れてください」

「忘れられるわけないだろっ」

「ちょっ……やっ……」

薄く開いた唇を割って舌がさしこまれた。迷いなくそれはシアナの舌に絡まってきて、背中をぞわりとした感覚が走る。

「んんっ……でん……かっ……」

くぐもった声で呼びかけても、答えが返ってくる代わりに舌が絡めとられてしまう。必死でリーヴェスの胸元をつかんで、膝から崩れ落ちないように足に力をこめる。

「いや……いやです‼」

「うっ……！」

シアナは抗いながら、魔力を手にこめた。その力でリーヴェスの胸を押して、無理やりに逃れる。魔力のこもった一撃を受けて、彼は信じられないといった表情になった。

「すみません‼　調べたことはちゃんと報告しますから‼」

シアナはそれだけ言って部屋を飛び出した。

――今度は彼も追いかけてはこなかった。

＊　＊　＊

鋭い剣戟《けんげき》の音が薄曇りの空に響く。

城の裏手に広がる訓練場では、その日も朝から多くの者が訓練に励んでいた。鈍色の胸当てをつけ、訓練用の武器を持ち、砂埃《すなぼこり》を巻き上げながらそれぞれの相手と切り結ぶ。

リーヴェスも自分の部隊の副長との鍛錬を続けていたが、近年まれに見る調子の悪さを披露してしまっていた。

部隊の精鋭たちは、リーヴェスに負けず劣らずの強さを持っている。ひとたび勝負の場に出れば、そこでは身分も立場も介入しない。隙があれば突かれるし、剣先が鈍れば軽くいなされる。

副長以外の者とも手合わせをしたが、普段の半分以下の勝率だった。もうこれはこのまま鍛錬を続けても意味はないだろう。

（シアナのことが気になって仕方ない）

今頃は温室でいつものように熱心に働いているのだろうか。……昨晩のことを思い出したりしているだろうか。

一晩眠れば少しは気持ちを切り替えられるかと思っていたけれど、全然だめだ。シアナの苦しそうな表情が心の中に棲みつき、彼女に魔力をぶつけられた胸は今もその余韻が残っているかのようだ。自分の中に生まれた淀《よど》みは、消えることなく広がっている。

（いやです、って結構くるな……）

あんなふうに傷つけたいわけじゃなかった。クーデター派から何かあるとしても、ちょっとした接触しかないだろうと油断していたのだ。

（ほんっと……やってくれたな。兄上……）

天をあおげば、広がる薄い雲が太陽の光を半減させていた。汗ばんだ肌をなぞる風はひやりと冷たく、リーヴェスの心にまでひっそりとまとわりつく。それを振り切るように、リーヴェスは一度体を震わせた。

「今日はどうも心がどこかに飛んでいるみたいだ」

「どこかお体の調子でも――」

副長は顔を曇らせる。屈強な男だが心配性で、眉を下げた表情にどこか愛嬌《あいきょう》がある。

リーヴェスは安心させるように、彼の肩をたたいた。

「そういうことじゃない。ちょっと公務がたまっているのを思い出しただけさ。……ということで、今日は俺は一足先にあがらせてもらうよ。皆は模擬戦を続けていてくれ」

リーヴェスは模擬剣を壁にかけ、声をかけた。兵士たちがわらわらとリーヴェスを囲むように集まってきて、口々に承諾の意をあらわす。ようやく眉毛の位置が元に戻った副長に簡単に残りの訓練内容を指示して、リーヴェスは訓練場を出た。

その瞬間、リーヴェスは口元を引き結んだ。おそらく今の自分は触れたもの全てを凍てつかせるような厳しい表情になっているだろう。その自覚があるまま、目的地に向かって大股で歩みを進めた。

＊＊＊

「おはよう、リーヴェス。どうしたんだ？」

この時間ならばまだ自室だろうとあたりをつけて、リーヴェスはまっすぐにティハルトの部屋へと向かった。扉の前を守る護衛の騎士はもちろん顔見知りだ。リーヴェスの訪れに目の色を変えて、あわてて主人に伺いをたてにいった。

ほどなくして、扉が開きリラックスした姿のティハルトが姿を見せる。夜着に濃紺のガウンを羽織っただけのティハルトと、騎士団服を着た訓練帰りのリーヴェス。その差は、そのまま二人がまとう雰囲気の差でもあった。

「おはよう兄上。朝早くに悪いな」

リーヴェスは形ばかりの微笑みを浮かべると、ずかずかと部屋に入った。書類に魔道具に魔術書に、相変わらず乱雑な部屋だ。訪れるたびに足の踏み場が減ってきている気がする。ティハルトがカーテンを開けたことで、薄く光がさしこみ、部屋に舞う細かなほこりがきらめいた。

リーヴェスが遠慮なく椅子に座ると、ティハルトは苦笑いで香水をリーヴェスに差し出してくる。

「汗の香りがきつい。これを使うといい」

「この後、浴場に行くからいいさ。今は自分のにおいよりも兄上に会う方が大事だと思ったからね」

「そんなに緊急な案件あったかな」

ティハルトは優雅に隣の椅子に腰掛ける。しどけない格好をしていても王子たる気品にあふれ、その目は面白そうに細められていた。

まるで映し鏡を見ているようだ。

リーヴェスはティハルトを観察しながら、しみじみと感じる。

兄のティハルトとは趣味嗜好《しゅみしこう》はまるで違うけれど、こういうところはよく似ている。思っていることは半分も口に出さず、大事なことは包み隠す。

「兄上が俺の『婚約者』にひどいことをしてくれたようだから、今日はその文句を言いにきたんだよ」

リーヴェスは一息で言った。

こんなに直球の言葉をぶつけられるとは思わなかったのだろう。ティハルトは目を見張った。

「驚いたな。いつのまに彼女が『婚約者』に？　ただの平民だろう？」

「身分なんて関係ない。彼女と人生をともにしたいと思ってる」

「バカなことは言わない方がいい」

恋に目覚めたリーヴェスに対して、ティハルトの方は辛辣だ。

「平民は愛人にしかできない。わからないはずはないだろう」

「もちろんわかってる。――でも、今大事なのはそこじゃない。彼女が俺にとって大事な人ってことが伝われば身分《いい》んだ」


「……らしくないな、安易に急所をさらすなんて。軽率なことはしない方がいい」

ティハルトは足を組みかえ、冷めた視線を向けてきた。

「別に考えなしにこう言ってるわけじゃないさ。ここまで言ってまだ兄上が何かするようなら、その時は……」

容赦はしない。

あえて言葉にせずに視線に殺意をこめる。

一瞬でふくれあがった漆黒の思いは、全てティハルトに届いたようだ。彼の口元がわずかに震えた。

「……脅しか」

「まさか。兄上とはいつだって友好的な関係を築いてるだろ？　そんな直接的なことはしないさ」

「……よく言う」

じりじりとお互いの焼け付くような視線が交錯した。

ティハルトはいまだ胸の内を見せてはいないが、リーヴェスの言葉に多少は動揺しているようだ。先に視線をそらしたのは彼の方だった。

「シアナは兄上が心配するような女じゃないよ」

今だ、と追撃をかける。

（さあ、どう出る？）

リーヴェスの中には、二つの可能性がある。

一つは、ティハルトがシアナを『クーデター派』だと推測し、リーヴェスをそそのかす危険人物と見ている可能性。

もう一つは真逆で、彼こそがクーデターを起こそうという腹づもりで、得体の知れない女を危険だと感じた可能性。国王だけでなくリーヴェスの存在も邪魔に思っていたとしたら、こちらの説も浮上する。

ティハルトの性格と考え方が原作通りならば、迷わず前者。しかし二度の人生でリーヴェスはこの世界が『原作通り』ではないと知っている。原作に描かれなかった部分がある限り、ここで生きる人間には余白がある。

（現に俺をあやつった人間が誰かは今もわからない。原作にはあんな展開はなかった）

シアナからの情報で、人間をあやつるほどの術は呪いに近いと聞いた。莫大《ばくだい》な魔力と深い造詣が必要だというならば、目の前の人物こそその術を使うのにふさわしい。

「……ヘイドルーンの視察で何を見てきた？」

その返しは鮮やかで、リーヴェスは舌打ちしたくなった。まだわからない。まだ彼は腹の底を見せない。

「年明けの外征に向けての準備を着々と進めていたよ。武器も各地から揃《そろ》えて、豊富だった」

「――それが『正しく』使われると思うか」

「そう願いたいね。あの場所からこちら《アルニム城》を狙っても遠すぎる」

ティハルトの言う『正しい』とはどちらだ？

一瞬の迷いを隠して、間髪いれずにリーヴェスは口を開いた。こういう時に迷うそぶりを見せるとあやしまれる。

再び見つめ合うこと数秒。

「……お前が近づけさえしなければ、あれは遠いままで済むだろう」

（かかった！）

胸の奥が高揚して燃えている。ティハルトが見せた本音の糸端をたぐりよせるべく、力強く答える。

「当たり前だ。あれが向かう先は、ここじゃない。……兄上、シアナはクーデター派ではないよ」

この言葉が決め手となり、明らかにティハルトの表情は変わった。『まさか』と言いたげな、驚きの表情をしっかりと目に焼き付けて確信を持つ。

ティハルトは前者だ。原作通りに彼はクーデターを危惧し止めようとしている。

「むしろ俺をクーデター派から遠ざけようと頑張ってくれている」

そう言うと、彼は呆れた顔でリーヴェスを見返した。

「だから、手の内をさらしすぎだと……」

「兄上もいいかげん腹の内を見せてくれ。シアナがクーデター派の仲間だと思ったから、情報を引き出そうとしたんだろう？」

ティハルトは肩をすくめて苦笑いした。それが答えだった。

六　書庫番ファルカの真意

あの日から一週間がたったが、シアナはリーヴェスを避け続けた。彼が温室に姿を見せた時は植物の影に隠れ、たとえ伝言があってもひたすらに無視して夜は自室にこもった。

心に釘《くぎ》が打ち込まれたようだった。じくじくとした痛みは時がたつにつれて多少は穏やかになりつつあったけれど、それが刺さったままのせいで身動きがとれない。会いたくない、会えないという気持ちはその根を広げて、ますます会いづらくなっていく。今や二度と会えないのではないかと思う始末だ。

(言いすぎた……ていうか色々とやばい……)

百歩ゆずってリーヴェスを拒絶したのはいい。それはもう自分の感情だし、あれ以外に言えることはなかった。でもその後、魔力を放ったのはまずかった気がする。

リーヴェスを怒らせて、ここから追放されたらどうしよう。いやまさかそこまで狭量じゃないだろう。と、シアナの心は連日忙しい。

「……まだいるつもり」

背後から声がかかり、堂々めぐりの思考は断ち切られた。

今、シアナは書庫の閲覧席でひたすら分厚い本を読み込んでいた。先日まで読んでいた本が読み終わり、次はさらに呪いを細分化して深掘りしている本だ。

振り向くといつもと同じ億劫《おっくう》そうな顔でファルカが立っている。ただ、その中に少しだけ心配の色が混じっているように見えるのは、シアナの錯覚だろうか。

「君が帰ってくれないと、僕が帰れないいんだけど」

「ごめん、あと一章分」

「まだ大分あるじゃないか」

ページの厚みを示すと、ファルカは肩を落とした。普段ならば書庫を閉めているような夜遅い時間だ。シアナが頼み込んでほぼ毎日ファルカにつきあってもらっているのだった。

「……ごめん、調べ終わったら埋め合わせするから、絶対！」

もう少し、もう少しで色々とわかりそうなのだ。『呪い』について内容を理解してきている。もうすぐたどりつけそうな予感がするから、今ここでやめられない。

ファルカはやれやれと首を振って隣の閲覧席の椅子を引っ張ってきた。

「いいかげん本当のこと言ったら。……親戚の子なんて嘘《うそ》、僕が信じてるとでも思ったの」

顔をのぞきこまれて、シアナは逃げるようにうつむいた。

――リーヴェスのことが好きだった。彼のためにできることがあるなら、全部やろうと思っていた。その気持ちに偽りはなかったけれど、同じくらいの強い気持ちで『必要とされたい』と願っていた。

（でも必要のされ方は、あんなふうに利用されるような形じゃない）

あの夜の甘い時間も、ともすれば苦いものに変わりそうになる。それだけは大事にしたいと思っていても、やはりつらかった。

今のシアナを突き動かしているのは、彼との約束を果たすという責任感だけ。人間をあやつる魔術について理解して、彼に伝えることが全てだった。

（……なんて、全部話せたら楽になるのかな）

ファルカは恋愛に興味がなさそうだから「ばからしい」と一蹴されるのかもしれない。それならそれでスッキリするのかもしれなかった。

「……私、殿下を守りたいの」

「あの人、誰かに守られるような人じゃないでしょ」

ファルカは苦虫を噛《か》み潰したような表情で言い捨てた。ある意味予想通りで笑ってしまう。

「そうなんだけど……まわりからの悪意っていうのかな、どろっとしたものから……」

リーヴェスを原作の道に引きずろうとする何かから。何をどうすればいいのか、この手探りの状態から光を見つけ出したい。

けれど、ファルカの反応は冷たいものだった。

「それが呪いを調べる理由？　殿下が誰かに呪われそうなの？」

「わ……わかんないけど……」

「わからないのに、なんでそこまでするの？　いやなことされたんでしょ？」

「な、なんで？」

「顔見てればわかる。こないだの色ボケよりはマシだけど、こっちはこっちで辛気臭い」

「ひどっ」

　ファルカはシアナをひとにらみした後、立ち上がった。シアナがたった今読んでいた本が、無情にも取り上げられる。

「あ、ちょっと！　まだしおりはさんでないっ……」

「もうこの本を読むのはやめた方がいい。これ以上呪いに関する本を読み続けてるって記録されると、本当にシアナは上に目をつけられるよ」

「それでもいいって言ってるでしょ。別に呪いの本を読んでるからって、呪いをかけるわけじゃないし」

「その可能性が高いって思われると、協会内で立ち回りにくくなる」

「……心配してくれるのはありがたいけど、いいの」

　ファルカは深く重いため息をつくと、本をシアナの胸元に押し付けてきた。

「今日だけ貸してあげる」

「えっ、ほんとに!?　ありがとう！」

「その代わり、明日以降はもう貸さない。ここでの閲覧も禁止」

「それはちょっと横暴じゃない……？　まだ結構残ってるのに」

「あと、明日になったらあの人を忘れること」

「は⁉　な、なんでそこで殿下が出てくるの⁉　無理だよ」

「こっちも無理」

「うっ……毎晩書庫に押しかけてるのは謝るけど……」

「そうじゃない」

ファルカは切り捨てるように言うと、さきほどまで座っていた椅子を閲覧机に戻した。そして何も言わずに、シアナに退室を促したのだった。

＊　＊　＊

（明日までにこの量って不可能なのでは……！）

シアナは自室の机で本を開いて、残りのページの厚みに軽く絶望した。朝までかかっても厳しそうな分量だ。

「もー……でもやるしかない」

これまでファルカに無理を言って書庫に滞在しすぎていたのだ。しびれを切らしても当然といえば当然のこと。シアナの読書スピードがもっと速ければいいだけの話。

（こうなったらページの最初だけ見て、関係ありそうなところにアタリをつけよう。図版があれば、なんとなく内容もわかるし）

ここまで読んできて、呪いの仕組みは摑《つか》んでいる。あとは具体的に『人間をあやつる』場合のやり方を見つけ出すだけだ。

厨房《ちゅうぼう》からもらってきたハーブ水とクッキーを並べて、シアナは軽く頰をたたく。ランタンの明かりに魔力を足して輝度をあげれば、文字はくっきりと読みやすくなった。

「よし」

とにかく少しでも読み進めることが大事だ。

集中して文字を追って、どれくらい時間がたっただろうか。クッキーを食べきり、ハーブ水も飲みきった頃……ついに目的のページを見つけることができた。『人の心を変える呪い』という見出しがある。なんとなくピンときて前文を解読すれば、人を意のままにあやつる呪いについてと書いてあった。

（これだ！）

そのページには図版として、蛇が巻きついているようなデザインの腕輪が描かれている。『あやつりの腕輪』といい、その名の通り腕輪をはめた人間をあやつる呪いがかかっているそうだ。これを使用するためには術者があらかじめ腕輪に魔力を注いでおくことが必要で、魔力量が多ければ多いほど呪いの成功率は高まると書いてある。

（きっと殿下はこの腕輪を誰かにはめられたんだ……！）

さらに呪いの詳細を知るべく、むさぼるようにそのページを読み込んでいく。次のページには腕輪の作り方も載っていた。かなり難しい工程が多いが、魔道具作りに精通した者ならば作れないことはないだろうと補足がある。

――と、窓に何かがあたる音がした。窓に視線を向けるも、茶色いカーテンをしっかり閉じているから外の様子はわからない。空耳だろうかと思っているところに、もう一度こつん、と音がした。

「えっ……何？」

こつこつこつんと断続的にその音は続く。鳥がくちばしでつついているのだろうか。カーテンの隙間からもれる光に誘われて？　……そんなことあるだろうか。

空耳でもないし、偶然でもない。ぞっと背筋に寒気が走る。

一瞬浮かんだのはティハルトの顔だった。あれ以来彼と顔を合わせることはなく、だからこそ薄気味悪い。改めて何かしかけてくる可能性もないことはない気がする。

このまま部屋を出て隣室に助けをもとめようか。けれど夜も遅いし、残念ながらそこまでの間柄ではない。シアナは寝台の脇に置いてある細いロッドを手にした。そろそろと窓際に寄って、カーテンと窓の隙間から外を窺《うかが》う。さきほどから窓にぶつかっていたのは小枝のようだった。

（誰かが窓に向かって投げてる……）

シアナの部屋は三階にある。地上から投げてここに届くとは思えない。だとしたら使用人棟をとりかこむように植えられている木に登っているのかもしれない。幹も太く枝も立派だから。

ロッドに魔力をしっかりこめ、いざとなったら弾丸のように魔力を飛ばすイメージを持つ。窓を薄く開けると、闇の中に立ち並ぶ木の黒々とした葉が揺れるさまが見えた。

「シアナ」

唐突に名前を呼ばれて、暗闇に慣れた目が声の主をとらえた。

「でっ……殿下⁉」

すぐそばの木の、とりわけ太い枝に座った状態でリーヴェスは「こんばんは」と片手をあげた。城下町に出かけた時と同じ平民の格好をして、闇に溶け込んでいる。暗くて定かではないが、髪の色も明るい茶色に変えているようだ。その手には小枝が何本も握られている。

「う、嘘でしょ、なんで……⁉」

窓から身を乗り出せば、リーヴェスは指先を口元にあてた。

「部屋にいれて、シアナ」

「あ、は、はいっ」

もう深く考えるなんてできなかった。必死で手を伸ばしてリーヴェスの手を握る。枝の長さと張り出した窓であったことが幸いして、リーヴェスは身軽にシアナの自室へと飛び込んで来た。それでも勢い余って、二人で尻餅をつく。

「いたっ……」

「あっ、ごめん、大丈夫？」

「大丈夫です。殿下こそ……」

言いながら顔をあげれば、いつかのような至近距離で目が合った。会わなかった期間は一週間程度なのに、随分と久しぶりな感じがする。その目の色は変わらずきれいで吸い込まれそうだ。

「シアナ……！」

気づけば、強い腕に抱き寄せられていた。窓を開け放しているせいで、冷たい夜風が頬をなでる。顔だけは冷えていくのに抱きしめられている体はひどく熱い。

「殿下、どうしてこんな……」

「シアナが俺を避けるから」

「そ、それは……ちゃんと報告できるところまで調べてからと思ってただけで……」

「報告がないと俺と会うのは嫌ってこと？」

「いやその……だって……」

「俺はシアナに会いたかった」

ぐっと胸がつまる。リーヴェスと同じように、シアナだって本当は会いたかった。けれど、会ったらきっと許してしまう。それが怖かった。

利用されたとわかった時の怒りや憤りといった負の感情を抑えこみ、リーヴェスを心から信用することもできず、それでもそばにいたいという恋心を支えにして。

そうして不毛な時を過ごしてしまうだろう。だから避けていたのに。

（本当に自由奔放……）

リーヴェスはいつだって、シアナの思いもつかない方法を使ってくる。

うずく恋心が表出しないように、シアナは話題を変えることにした。

「殿下、わかったんです。あやつりの腕輪です」

腕の中からさりげなく抜け出そうとしたけれど、それは阻まれる。何も言わずに腕に力をこめてくるところに、リーヴェスの確固たる意思を感じる。

こうなったら仕方ない。シアナは一度つばを飲み込んで本から得た情報を伝えた。

「きっと殿下は二回目の時、この腕輪をはめられてあやつられたんです。もしクーデター派に優秀な魔道具の職人がいて、知識や材料が揃《そろ》っていたら、腕輪を作れる可能性があります」

「――わかった。……兄上にも聞いてみよう。魔術師協会の中でそんな人物がいるかどうか、そもそも腕輪の存在を知っているか」

「え……ティハルト殿下に？　でも……」

「兄上はシロだった。しっかり話し合ったから間違いない。魔術をかけたのはシアナがクーデター派に与していて、俺をそそのかそうとしてると思ったからだそうだ」

「……そう、ですか……」

あの時のぞっとするような視線とおそろしいほど冷たいキスを思い出して、シアナは震えた。リーヴェスの言葉を額面通りに受け取るのは不安もあったけれど、自分よりも彼の方がティハルトへの理解度は深い。会わない間に、リーヴェスはリーヴェスで動いていたのだ。そして貴重な事実を得ている。

（もし本当にティハルト殿下を信じていいなら……これ以上の味方はいない）

「ティハルト殿下が腕輪について知ってたらいいですね」

あやつられさえしなければ、リーヴェスがクーデターを引き起こすこともない。クーデター自体、王子《リーヴェス》が先導することで正当性を示している面があった。宰相やアレンス公爵という諸侯だけで立ち上がったところで、賛同する者は多くないだろうし、国民の理解だって得られないだろう。

（あ、もしかしてこれ、私の役目終わったのでは）

魔術に関してはティハルトの方がどう考えてもエキスパートだ。彼ならば呪いについての知識だってあるに違いない。ここからはティハルトにまかせて、自分はリーヴェスの無事を祈りながら温室と協会本部を移動する日々に戻って――。

「シアナの情報のおかげで色々とできることがありそうだ。本当にありがとう」

「いえ……お役にたてて良かったです」

複雑な気持ちが声に出ないように気をつけながら、シアナは言った。

「あの、そろそろ窓閉めてもいいですか……。風が冷たいですし」

そう伝えればリーヴェスの腕はゆるんだ。シアナが窓とカーテンをしっかり閉めてから振り返ると、彼は机の上に広げた本を興味深そうに眺めている。

「これを読んでたのか。本というより古文書だな……何て書いてあるのか全然わからない」

「そうなんですよ、古い言葉づかいというか……文字も今とは違っていて、まさに解読でした。ファルカに聞いても教えてくれないし」

しかも明日以降は読ませてもらえないのだ。書庫番だからって横暴だ。ファルカのしかめっつらを思い出すと、眉間にしわが寄ってしまう。

「……シアナは、本当にあいつと仲がいいんだな」

「え……そんなことはないですよ？　話しやすくはありますけど、いつも迷惑そうにされますし」

今の話のどこに仲がいいという要素があったのだろうか。ただ単にファルカが狭量という話のつもりだっただけに、リーヴェスの反応は意外なものだった。

ファルカとシアナの関係は魔術師協会の同僚、それだけだ。これまでの付き合いから、ぶっきらぼうだけれど優しいことは知っている。けれど彼は普段からできるだけ人と関わりたくないというオーラを出しているし、仲が良いなんて言ったらにらまれそうだ。

不意に腕を引かれ、正面から抱きしめられる。見上げるとリーヴェスは眉根を寄せていた。

「俺とあいつ、どっちの方が仲がいい？」

「えっ⁉　それは……」

「俺のこと、もう嫌い？」

「なっ……」

嫌いになんてなれるわけがない。けれど素直にそう答えるには何かが喉につかえた。結果、息を震わせてか細い声で否定することしかできなかった。

「そんなことはっ……ないです……」

「そう？　……本当に？」

顎に手がかかり上向かせられる。まるで顔に答えが書いてあるとでも思っているかのようにまじまじと見られると、全て見透かされてしまいそうだ。シアナは必死でうなずいた。

「でも、俺のことも信じてない？」

「そういう答えづらいこと聞かないでください……！」

「そっか」

リーヴェスは声を落とすとシアナの耳に唇を寄せてきた。ふっと息が吹きかけられ、びくりと体が震える。

「シアナが好きだよ」

その言葉は甘く切ない響きを持っていた。

彼を好きだと自覚してから、こんな場面を夢見たこともあった。けれど実際にそれが起こると、こんなにも心が震えるものなのか。

「これも信じない？」

静かに囁《ささや》かれ、シアナは観念して息を吐き出した。

「ずるいです……」

さっきから全部、シアナに即答できないことばかりだ。

好きだなんて言われたら嬉《うれ》しいに決まっている。こうして腕の中にいる幸せにひたりたい。このままキスだってしたい。ここまでして会いに来てくれたリーヴェスの行動を思うと、胸がじわりと熱くなる。

けれど同時に、どこまでがリーヴェスの本心なのだろうと思ってしまうのだ。

「それが答え？」

リーヴェスがどこか心もとなさそうにたずねてくる。まだ何も答えてないのに、一体どういうことだろう。

「俺の予想だと――信じたい、けど信じられない。でも信じたい、いややっぱり信じられない……みたいな無限ループ」

「当たってます……！」

「否定して良かったんだけど。……まあ、自業自得だな」

リーヴェスはがっかりした表情で、ため息をつく。そうですねと言うわけにもいかず黙って見つめていると、彼は眉を下げて微笑んだ。

そのままリーヴェスの顔が近づいてきて、ついばむようなくちづけを受ける。チュッと小さなリップ音が静かな部屋に響いた。自室でこんなことをしているのが妙に恥ずかしい。一人照れていると、リーヴェスは額をあわせてきた。

「このまま泊まっていい……？」

「だ、だめです！　絶対だめ！」

シアナはあわててリーヴェスの胸を押した。けれど彼はびくともせず、まじまじとのぞきこんでくる。

「また木に飛び移って帰れってこと？」

「扉から出ていったらいいじゃないですか！　ローブをお渡ししますから……」

「そしたらシアナが俺の部屋に来られなくなる」

「そ、それは……でも」

「汚名返上のチャンスが欲しいんだ。……明日も来ていい？」

その目はキラキラと輝いていて、シアナがここで断っても今日と同じ方法で行くからなと予告しているかのよう。リーヴェスにそう何度も木登りさせるわけにはいかない。こめかみに変な汗をかきながら、シアナは首を横に振った。

「それなら……私から行きますから」

「そう？　約束だよ。じゃあ明日は温室まで迎えに行くから」

「何言ってるんですか！」

「気が変わったら困るし」

「そんなことにはなりませんからっ」

「……本当かなぁ」

「もう……約束は守ります。信じてください」

「うん、わかった。じゃあシアナも俺を信じてくれる？」

「それとこれとは……」

言いかけて、あまりの強い視線にシアナは何も言えなくなってしまう。リーヴェスは微笑んで、再びシアナにくちづけたのだった。

＊　＊　＊

翌日。

シアナはすっきりした心持ちで仕事を済ませて、足取りも軽く書庫へと向かった。昨晩のリーヴェスのおかげで、心のつかえがだいぶ小さくなっている。

（本当は私もずっと、殿下と話し合いたかったんだ……）

逃げ続けてふくらんだ不安は、結局のところ彼と向き合うことでしか解消できないものだったのだ。

書庫の扉を開けると、ファルカはいつものようにフードを深くかぶって、分厚い魔術書を読んでいた。

「ありがとう。大事なところちゃんと読めたよ」

「そう」

本をカウンターに置くと、ファルカからはそっけない返事がかえってくる。

「毎日お騒がせしてたお詫《わ》びに、何かおごらせて。ファルカって何か好きな食べ物ある？　甘いものとかどう？　それともお肉系？　私、次の給金が出たら買って来る」

「そんなのいらないから、約束果たして」

「約束？」

「殿下のことは忘れる」

「え……あれ、本気だったの？」

「当たり前。――もうリーヴェス殿下と会わない方がいい」

なんでそんなことを、という疑問は、ファルカの濃緑色のフードに吸い込まれていく。

もともとファルカは誰に対しても無愛想なところがあるけれど、リーヴェスに対してはそれが顕著だ。

（そういえばこの間、作業中に殿下が来た時も態度が悪かった。私の気のせい……？）

聞きたかったけれど、聞いたら何かが変わってしまうような嫌な予感がした。

「……ファルカが心配してくれてるのはありがたいけど、それはできないよ」

ファルカが顔をあげた。フードをおろして、その真っ赤な瞳でシアナを見据える。「また色ボケに戻ってる……」とがっかりした表情で言われて、今度はシアナもカッとなった。

「何よ！　なんで急にそんな変なこと言うの⁉　殿下と私のことなんて、ファルカには関係ないっ……」

突然の強い言葉にシアナはかたまった。

「嫌いだから」

「……私を？」

シアナにとってファルカは、へんくつだけれど良き同僚だ。仲がいいと思っていたのは自分だけだったのだろうか。驚きと不安で声が震えてしまう。そんなシアナを彼はにらみつけてきた。

「なんでそうなるの、リーヴェス殿下の方だよ。ていうか、僕はこの国の王族、全員嫌いだから」

ファルカの内で燃えたぎる憎しみの炎が見えた。それは彼の赤い瞳の強さとなって、そこかしこに燃え広がるような熱をはらんでいる。その熱にあてられたのか、喉が干上がったような感覚におそわれて、シアナはひくっと息を震わせた。

「急になんで……そんな……」

「別に言ってなかっただけ。この国は腐ってるってずっと思ってた。国王のとちくるった政治についていく貴族もクソだし、それを止められない王子二人も無能だ」

興奮して口が滑っているようではなかった。淡々と事実を述べるような言い方は、だからこそファルカが本心からそう思っていることを伝えてくる。突然のことにシアナは言葉を失ったまま、彼の次の言葉を待った。

けれどファルカは気が済んでしまったのか、魔術書に視線を落とした。

「え、ここで話終わり⁉　嘘でしょ⁉」

　思わずカウンターをこえてファルカに詰め寄る。けれど、彼はそっけなかった。

「終わりだよ」

（ちょっと待って、聞くだけ聞かされて、理由も言わないって何⁉　ファルカが王族を恨んでるっぽいのはわかったけど、そのきっかけは⁉）

「ファルカ」

「本返したなら出てって」

「絶対もっと話したいことあるんじゃないの⁉　なんでそんな嫌いとか言って……」

「口が滑った」

「そんな感じに見えなかったけど⁉」

「別に」

　いよいよファルカは見切りをつけて読書を始めてしまった。何ページか分は黙って見過ごしたけれど、いいかげん黙っていられない。

「ファルカ、占いしてあげる！」

「はぁ？　必要ないけど」

「なんかわかんないけど、ファルカが悩んでるのはわかった！　占いで気分転換しよう」

「悩んでないし」

「いいから！」

半ば無理やり、ファルカの手に触れる。魔力をこめると、バチっと火花が散ったような衝撃があり、思わずシアナは手を離した。

「なっ……」

「さわるな」

地を這《は》うような声。フードで顔が隠れていても、彼の怒りはありありと伝わってくる。けれど今のシアナはファルカの態度よりも、気になることがあった。

「ファルカ……」

「何」

「どうして……？」

足元から力が抜けていきそうなのを、必死で踏ん張ってシアナは呟《つぶや》いた。

「どうしてファルカが腕輪を持ってるの……？」

一瞬だけ触れた時に、しっかりと映像が見えた。見えてしまった。

その中でシアナはファルカにとらわれ、首筋に短剣をつきつけられていた。短剣を持っていない方の手には、図版で見た蛇の腕輪——あやつりの腕輪があった。

ファルカはびくりと肩を震わせた。フードをおろして、まじまじとシアナを見つめる。

「今の一瞬でそこまでわかったの？　どうやって……。——いや、仕組みはまあいいや」

ファルカは首を横に振ってから立ち上がると、シアナに同情的な視線を向ける。

「たどりつかないと思ってたのにな」

「……『あやつりの腕輪』に？」

「うん。あそこまで速くあの本を読み込むなんて予想外。……もっと早く諦めさせれば良かった」

「どこで腕輪を手にいれたの？　──誰に使うつもりなの？」

「そんなの言うわけないでしょ。……シアナは素直すぎる。腕輪が見えたことなんて言わなきゃ、僕だって気づかなかったのに」

「だって……否定して欲しかったから」

心臓がわしづかみにされたように苦しくて、うまく呼吸ができない。視界がどんどん歪《ゆが》んでいくのは、涙がこみあげたから。

（豊富に魔力を持っていて、魔術に精通している人。そして──王族に恨みがある）

いつか話したリーヴェスをあやつる人間の候補としての条件に当てはまる。しかも『あやつりの腕輪』も所持している。

（まさか二回目の時にリーヴェスをあやつったのは、ファルカ……？）

嘘だと思いたい。けれどシアナの中の冷静な部分が、そうとしか考えられないと警鐘を鳴らしている。でなければ腕輪を持っているはずがないのだ。そしてシアナを害そうとしていたあの姿は、きっとお互い相反する思いがあるから……。

「ファルカは、クーデター派だったの……？」

「そうだよ」

ためらいなくファルカは言った。平坦《へいたん》な表情はいつも通りなのに、ひどく距離を感じる。いつのまにかシアナの全然知らない場所に、ファルカは立っていた。

どうして。その言葉ばかりが頭の中を巡り、思考することを拒否する。

（だめ、考えないと！　ていうか早く殿下に伝えないと！）

今の時間リーヴェスはどこにいるだろう。訓練場だろうか、それとも――。

とにかくここを出なくては。駆け出そうとした瞬間、足元に魔力の衝撃を受けた。まるで床に足が張り付いてしまったかのように動かせない。

（しまった！）

いつファルカが魔術を発動させたのかわからなかった。彼の魔術師としての能力の高さが垣間見えて、いよいよ焦りが募る。

「行かせるわけない」

「ファルカ――」

その時、何者かの影が脇を通り抜けシアナの前に躍り出た。茶色いチュニックに黒いズボン姿の男性――全く見覚えのない人物が、シアナとファルカの間に割って入る。男性の肩越しにファルカの表情も見えたけれど、彼の方は突然登場した人物を値踏みするように見つめていた。

「早く殿下のところへ」

男性が振り向き鋭く言った。彼の言う「殿下」とは、リーヴェスのことだろう。一瞬でそう判断はできたけれど、シアナは首を横に振った。

「あ、足が動かないんです！」

ファルカの魔術が強力で抜け出せそうにない。自分の魔力をぶつけてみても、まるで効果がない。だったら――。

「私のことはいいですから、殿下に報告してください！」

「しかし……」

きっとこの男性はリーヴェスが自分につけてくれた護衛だ。ヘイドルーン視察の時もそうしていたと言っていたし、昨日帰り際にさらっとそんなことを言われた。そこまでしなくてもと遠慮したけれど、結果としてリーヴェスがシアナの申し出を取り下げてくれていて助かった。

「早く！」

シアナは彼をせき立てたけれど、一歩遅かったようだ。男性がきびすを返した瞬間には、ファルカの指先に光が集まっていた。また何かするつもりだ。彼は感情のこもらない目で男性を見つめ、照準をあわせている。

「待って！」

叫んだ声も虚しく、シアナの目の前で閃光《せんこう》がはじけた。

＊　＊　＊

「おーい、こんなとこで寝ると具合悪くするぞ」

ゆさゆさと体が揺らされている。シアナの意識は浮上し、瞬間的にファルカとのやりとりが思い出されて飛び起きた。

「ファルカ‼」

「うわっ⁉」

大げさなくらい大きな影がのけぞって、よくよく見ると知り合いの魔術師だった。あわてて辺りを見回すと、立ち並ぶ本棚とおごそかな灯に照らされた、普段の書庫の風景。シアナは閲覧席に運ばれて寝かされていたらしい。さきほどの男性も隣の閲覧席につっぷしている。

「ファルカならいねえよ。どこ行っちまったんだろ。——ていうかこの人誰だ？」

「ん……まあ、ちょっとした知り合いなんだけど……」

首をかしげる同僚に、曖昧に返事をする。我ながらうさんくさい返答だと思うけれど、かまけてはいられない。シアナはやや強めに男性の肩をゆすった。

「起きてください！　起きて……！」

「……うっ」

男性はうめきながら起き上がった。シアナの顔を見るなり瞬時に目に理知的な光を取り戻す。

「シアナ様！　お怪我はありませんか⁉」

「大丈夫です！　それよりも早く伝えないと……！」

男性は心得たようにうなずき、素早く駆け出した。俊敏な動きに同僚が目を丸くする。

「あっ、おいっ……」

「ごめんね、起こしてくれてありがとう！」

状況をつかめていない同僚にそれだけ言って、シアナも書庫を飛び出した。ちゃんと足が動く、体にどこもおかしなところはないし、頭もすっきりしている。ファルカがかけた魔術の残滓《ざんし》はない。

協会の建物を出ると、夜のとばりが下りていた。書庫に入った時に輝いていた西日はもう姿はなく、細い月は中天に浮かんでいる。

（まずいっ、だいぶ時間がたってる！）

ファルカはどこへ行ったのだろう。使用人棟の彼の部屋にいるわけはない。きっと姿を隠している。でもどこへ……？

「シアナ様、まずは殿下に報告しましょう」

気づけば男性がシアナの目の前にいて、緊迫した表情で提案した。そうだ、今はリーヴェスにファルカのことを伝えることが先決だ。

「この時間ならば殿下は食事中だと思います。そこへ我々が行くわけにはいかないので、ひとまず殿下の部屋へ行きましょう」

＊＊＊

男性――名はダニエルと言った――に先導され、二人はあの場所から最短距離でリーヴェスの自室へたどりつくことができた。階段脇をかためる兵士たちにダニエルが何か伝えただけですると通れたのだ。兵士同士のネットワークというものだろうか。それともダニエルの方が立場が強いのだろうか。

部屋を明るく照らすシャンデリアも、いつも果実酒が置いてあったテーブルも、座面の広い椅子も、紺色の絨毯《じゅうたん》も何もかも。部屋に置いてあるものは変わっていないけれど、久しぶりに訪れたせいかどこか雰囲気が違う。

ダニエルは続き間の寝室を確認してからシアナに一礼した。

道中で、彼はやはりリーヴェスが自分につけた護衛だと知った。どうやらリーヴェスがヘイドルーン視察に行った時から、陰で見守ってくれていたらしい。

「シアナ様がティハルト殿下のところへ行った時もおそばにおりました。そして今回も……何もできずに申し訳ありません」

ダニエルはかなり責任を感じているようだ。沈痛な面持ちで、深々と頭を下げてくる。けれど、シアナからしてみれば、ダニエルを咎《とが》める気持ちなんて露ほどもない。

「い、いえいえ……！　全然そんなことないです、気にしないでください！　今だって、ダニエルさんがいたから殿下の部屋にこうしてすぐ入れたんですし」

そもそも護衛をつけてもらうこと自体に恐縮しきりなのだから、そこまで責任を感じられるとかえって困ってしまう。

「それより早く殿下に伝えないと……！　いつ頃戻ってきますか？」

「おそらく食事の後しばらくしたら戻ってこられるとは思うんですが……。それを待っている場合ではありません。先に私一人で殿下を呼びに行ってきます」

ダニエル一人ならば、それができるのだ。きっとこの部屋に入った時のように顔がきくのだろう。

「お願いします！」

ダニエルも真面目な表情でうなずき、部屋を出て行った。扉がしっかりと施錠された音を聞いてから、シアナはソファに再び腰掛けて机につっぷす。

「はー……どうしよう……ファルカ……どうして」

「知りたい？」

不意に背後から声が聞こえて、シアナは飛び起きた。

（この声は……!?）

おそるおそる振り向けば、暗躍のローブをまとい、そのフードをおろしたファルカが立っていた。

「ぎゃーっ！」

おそらく自分史上最大級の大声が出た。がたんっとソファの足が床を引きずるのも気にせず立ち上がり、後ずさる。

「なななんでっ⁉　ていうかローブ‼　持ってたの⁉」

「シアナの部屋から借りてる」

「しれっとなんてことを！　鍵どうやって開けたの⁉　泥棒ーっ‼」

全然気配なんてなかった。ダニエルだって気づいていなかった。それこそが暗躍のローブの能力だとわかっていたけれど、それにしたって物音も何も聞こえなかった。

これはやばいと思った瞬間にファルカから魔術が飛んできて、シアナは尻もちをついた。彼は素早く背後にまわると、シアナを後ろ手に縛った。足首も同じように拘束されて、ごろんと絨毯の上にころがされる。

「ええ、え、嘘……」

「来なければ良かったのに」

ファルカはため息をついて、シアナの脇の下に手を入れてきた。よいしょという声とともに持ち上げられ、ずるずると引きずられそうになる。

「ちょっと！　何するつもり⁉」

「ソファに行くだけだよ。床に転がったまま話したいの？　僕は別にそれでもいいけど」

「うっ……それはいや」

ここはおとなしくしておいた方が良さそうだ。シアナが体の力を抜けば、ファルカが背後で息をついたのが感じられた。

　これまで何度もリーヴェスと過ごしてきたソファに座らされる。立ち上がれないように魔術で拘束されて、シアナは観念した。体を微弱の電流が流れているかのようなしびれがおそい、指先一本動かせない。

　シアナの向かい側に腰掛けたファルカは、まるで普段通りの呆《あき》れた口調で言った。

「殿下のことは忘れろって言ったのに」

「そんなことできるわけないでしょ！　だ、だってその……好き……だし……」

「色ボケ」

「わかってるわよ！　いいの！　それよりファルカ、考え直して。今ならまだ私しか知らないよ。このまま部屋を出ようよ」

「無理」

「無理じゃない！　……ねぇ、殿下をあやつってどうするつもりなの」

「シアナの思ってる通りだよ」

「それがわかんないから教えてって言ってるの！」

「嘘つき」

　ファルカは片方の頬だけ歪めて、奇妙な微笑みを作った。それは自嘲的な笑みにも見えたし、シアナを嘲笑するような雰囲気もあった。

　普段接していて、ファルカから感情の機微を感じたことはほとんどなかった。

そんな彼の感情が今はよく見える。それがひどく悲しかった。

シアナは一度深呼吸してからファルカを見据えた。今目の前にいるのは、ファルカだけれどファルカじゃない。そう思わないといけないのは苦しかったけれど、わめいてどうにかなることではないのは、もう気づいていた。

「その腕輪、ずっと持ってたの？　……殿下をあやつろうと思って？」

「保険のためにね。……殿下がこちら側にくれれば、必要はなかった」

「……殿下はまだ態度を保留にしてたはずでしょ」

「すごいな、そんなことまで知る仲だったのか」

シアナの言葉にファルカは目を丸くした。けれどすぐにその驚きはたち消えて、口元が弧を描いた。

「どうやって感づいたの？　正直、君の口から『人をあやつる魔術』って出てきた時は、びっくりしすぎて頭が真っ白になったよ」

原作《未来》を知っているから、なんてことは言えない。

「ファルカの思ってる通りよ」

虚勢でしかなかったけれど、不安が表に出ないようにファルカを見つめ続けた。彼の視線もまっすぐ自分に向いている。

張りつめた糸のような沈黙が流れる。お互いに相手の気持ちを探り合うような視線が交錯して——その糸を断ち切ったのはシアナだった。

「クーデターなんて起こしたって、この国が良くなるとは思えない」

「別に僕にとっては国なんてどうでもいい。王族が死ねばそれでいい」

「……殿下も殺すつもりなの？」

「さあ、どうかな。僕にはそこまでの決定権がない。死ねばいいとは思ってるけど」

「なんで……なんでなの。リーヴェス殿下はいい人だよ。ちゃんと国のこと考えてるし、民のことだって……」

「シアナの前ではそうかもしれない。でも僕からしたらまだ足りない。民にばかり理不尽をおしつけて、虐げられた人間の気持ちはないものとしている……。言っただろ？　あの国王を止められない時点でクソだって」

「……一体何があったっていうの」

シアナの問いかけに、ファルカはそっぽを向いた。話したくない、というあからさまな意思表示。けれどそんな態度で臆するような関係ではない。

「ねえファルカ、一人で抱えないでよ。ちゃんと教えて」

「言ったところで何が変わる？　君が僕の憎しみを肩代わりしてくれるって言うの？」

「それはできないけど……でも、そこまで思いつめてるファルカをほっとけないよ！」

「別に思いつめてない」

「こんな無鉄砲なことしてて、思いつめてないわけないでしょ！」

シアナの言葉にファルカはハッと目を瞬かせて、一瞬だけ口元を歪めた。

「……無鉄砲って、シアナに言われるとは思わなかったな」

「どういう意味よ！　……とにかくまだ間に合うから、早くここから……」

「手遅れだよ」

ファルカはおもむろに立ち上がると、シアナの背後にまわった。何事かと振り返りたいのに、顔も動かせない。

「一応謝っとく」

耳元に落とされた囁きがあまりに淡々としていて、シアナは呆れてしまった。そんなことを言うなら最初からやらなければいい。謝れば許されるとでも思うなら大間違いだ。

抗議しようと思った瞬間、シアナのスカートの太もものあたりが切り裂かれた。

「きゃあっ!?　何するの！」

視界に飛び込んできた自分の足に驚く間もなく、そこに銀色の刃が当てられる。

さきほどの謝罪の意味を悟った時には遅かった。逃げようにも体は動かない。

（切られる――――！）

ぷつりという感触とともに、ナイフが太ももに浅く刺さった。痛みはほとんどなかったが、じわりと血がにじみ出し、鮮やかな赤色がシアナの目を侵食した。

背後でぶわっとファルカの魔力が広がっていく。

（ファルカってこんなにもすごい魔力を持ってたんだ……）

激流に自分があっというまに取り込まれたような錯覚に陥って、頭の中がクラクラする。排除したくても、その流れが速すぎて一瞬意識が飛んでしまった。思わず目をつぶっていたようで、再び目を開けた時には――。

「ファ……ルカ……？」

呟いたが最後、シアナの口に駄目押しとばかりにファルカの魔力が注がれる。いつかティハルトにかけられた魔術と同じ性質のものだ、とすぐに気づいたけれど、シアナに抗う術はなかった。

直後、扉が開いてリーヴェスとダニエルが入ってきた。声をあげようにも、首筋に冷たい刃の感触がして息を飲んだ。

（ああ……この場面……）

知っていたところでどうにもできない。シアナの目の前が一瞬にして真っ黒に染まった。

七　心焦がして

その時リーヴェスは、食事を終えてラウンジへと移動しようとしていた。

「すぐにお知らせしたいことがございます……！」

息を乱して駆け寄ってきたダニエルを見て、嫌な予感がかけめぐる。こんなに焦っているということは、シアナに何かあったということに他ならない。問い詰めて詳しい話を聞くより先に足は動いた。半ば駆け込むように自室の扉を開ければ、目の前に広がっていたのは想像もしていなかった光景だった。

「シアナ……？　それにお前は……」

シアナは苦悶《くもん》の表情でうつむいている。ロングスカートの太ももの部分が裂けていて、その部分から血が流れている。その量はかなり多く、彼女の足元に血だまりを作り始めていた。そんな彼女に寄り添うように立っているのが、いつか作業部屋で見かけたふてぶてしい態度の魔術師・ファルカだ。あろうことか、シアナの首筋にナイフをあてている。その刀身が血でしたたっているのを見て、リーヴェスは無意識に剣を抜いていた。

「お前、何をしている」

「殿下、剣を床に置いてください。護衛の方も。早くしないとシアナがつらいままです」

「シアナ様！」

ダニエルが叫び、駆け寄ろうとした。

しかしファルカのナイフがシアナの首筋に押し当てられるのを見て、その足を止める。

彼女の首筋にじわりと血がにじんだ。

（何が起こってる……？）

なぜここにあの男《ファルカ》がいる？　その目的は？

そして何よりも、シアナが傷ついている。その事実がリーヴェスの胸を鋭く刺す。

彼女はひたすらに震えていた。頬には涙が筋を引いて流れ、普段の快活な姿からは想像もできないほどに弱々しい。

（あいつは彼女を想ってたんじゃなかったのか？　なぜ傷つけるような真似を――）

疑問は次々と湧き上がったけれど、その答えがすぐに出ることはなかった。彼の目的を推し量るにも、材料が少なすぎる。代わりに腹の底から怒りがせりあがった。このまま勢いで斬りかかってしまいたい、きっと切っ先はファルカに届くだろう。

けれど、シアナをこれ以上危険にさらすわけにはいかない。

「――くそっ」

リーヴェスはぎりぎりと奥歯をかみしめながら、剣を投げ捨てた。それを見てダニエルも渋々短剣を落とす。

ファルカは口の端を上げると禍々しい雰囲気の腕輪を差し出してきた。

「これを手首にはめてください」

蛇が巻きついているデザインですぐにピンときた。昨日シアナの部屋で話題になったばかりの『あやつりの腕輪』だ。

（そうか、こいつだったのか……）

以前作業部屋で会った時に、やけに視線が鋭かった印象がある。それは彼がシアナに好意を持っているからだろうと思っていたが、本心からリーヴェスに憎悪があったのだ。

あの時以上の強い視線を受け止めて、リーヴェスは無言でファルカに近づいた。

「殿下……！　お待ちください……！」

背後でダニエルの震える声がしたが、それは何の抑止にもならなかった。

今、リーヴェスの目にうつるのは震えるシアナの姿だけだ。そのシアナも首を横に振って視線でリーヴェスに訴えかけてきたが、全て薄い膜をはった向こうの出来事のように遠い。リーヴェスの目にはファルカの持つ腕輪しか入らなかった。

あと数歩というところでファルカが腕輪を投げてくる。それを受け取って、迷いなく左手首にはめこんだ。

ぞわりと背筋をおぞましい感触が這《は》う。冷たく湿ったものが肌から染み込んで、自分の内部へと侵食してくるような。その気持ち悪い感覚に一瞬だけリーヴェスは顔をしかめたが、すぐにまたファルカへと意識を向けた。

「決断が早いですね」

ファルカは素直に驚いたようだった。だが、すぐに表情を引き締めて続ける。

「あなたにはクーデターを起こして、国王を殺してもらわないといけない」

「……いいから、シアナを解放しろ。その血にまみれた手でこれ以上彼女に触れることは許さない」

「……そうですね」

ファルカは口を手で覆い何事か呟《つぶや》いたと思ったら、シアナの座るソファを蹴りつけた。かなりの重さがあるはずなのに、まるでそりのように絨毯《じゅうたん》の上を滑ってリーヴェスにぶつかってくる。

「シアナ！」

あわてて腰を落として受け止める。シアナの目は真っ赤で、大粒の涙がこぼれていた。首筋の血は細く流れ、襟元ににじんでいる。

「ごめんなさい……！」

「そんなこと言うな！」

か細い声を遮って、彼女を抱きしめる。すぐさまリーヴェスはダニエルを振り返った。

「医者だ！　早く呼んでこい！」

ダニエルはファルカの元へと走りかけていたが、リーヴェスの命令にその足を止めた。今はシアナよりもファルカの確保に動きたいのだろう。その目に迷いとほんの少しの非難の色が見えた。

「しかし殿下……」

「いいから！」

腹から叫べば、ようやくダニエルはきびすを返した。

「私は大丈夫です！　ファルカを追って……！」

「何言ってるっ、そんなことできるか‼」

それに、今のやりとりの間にファルカは忽然《こつぜん》と消えていた。横目に彼が暗躍のローブのフードをかぶるのは見えたから、もう能力が発動しているのだろう。その位置を確かめようと部屋を見渡した瞬間、窓が派手な音をたてて割れた。

「……窓から飛び降りたか」

ここは五階である。普通ならば落下して即死だが、そんな単純な結末になるわけはない。おそらく何らかの魔術でファルカは切り抜けるだろう。逃すのは確かに痛手だが、それよりも――。

「ちょっと見せて」

そう言いながら、リーヴェスは切り裂かれたスカートを広げた。新たに布地が破ける音がしたけれど、まずは傷を確認しなければと思ったのだ。けれど――。

「これが傷か……？」

そこには確かに傷跡があった。けれどあの血の量に対しては小さいかすり傷でしかない。

「全部ファルカが見せた幻ですっ。傷なんてほとんどないようなものでしたっ……伝えようにも、口が封じられて……」

ソファが置いてあった箇所に視線を送るが、何もついていない。忽然と消えた血の痕跡に、事実をかみしめる。

「……やってくれたな」

まんまと騙《だま》された。頭に血が上っていた自覚があるだけに、看破できなかった悔しさが募る。声に怒りがにじんでしまったことで、シアナがびくりと肩を震わせた。

「本当にごめんなさい……」

「違う、シアナのことじゃない。あいつだよ」

「全部私のせいです……」

シアナの目から再び涙があふれて、そればかり繰り返す。震える体を抱きしめると、彼女はそのまま体を預けてきた。

「殿下……ごめんなさい……」

「大丈夫だ」

そう呟いて、リーヴェスはシアナの額にくちづけた。

まさかの事態ではあるし、出し抜かれた怒りには燃えている。けれど腕輪をつけられたことに対して、不思議とリーヴェスの中に絶望感はなかった。

代わりに彼女が絶望におそわれているからだろうか。

大きくしゃくりあげて苦しそうに泣くシアナの背中をなでながら、リーヴェスの内側では複雑な思いが芽生えていた。

これから先、自分がファルカにあやつられる未来が待っているとしても、シアナはその時まで側にいてくれるだろう。自分がもしも不安に沈みそうになっても、彼女ならばわかちあってくれる。

（婚約者なんて言って縛るよりも、ずっと強いもので結ばれたな）

大粒の涙をこぼしているシアナが愛しくてたまらない。ファルカを別の意味で警戒していたリーヴェスは、彼が彼女と完全に決別したことに安堵《あんど》していた。

（これでずっと、俺のものだ）

少なくとも、自分が生きている間はずっと。

＊＊＊

泣いているうちに、意識を失うように眠ってしまった。

次にシアナが目覚めた時、目の前にぼんやりと浮かんだのは豪奢《ごうしゃ》な群青色の天蓋だった。テーブルの上のランタンに加えて、壁の燭台《しょくだい》にも火が灯されていて、室内はうすぼんやりとしている。カーテンの向こうはまだ暗い気配がするから、真夜中だろう。

「殿下……！」

あわてて起き上がろうとして、そこでようやくシアナは自分の体に寄りかかる存在に気づいた。顔を動かして見れば、リーヴェスの寝顔がある。抱きしめられているというよりは、ただ腕をかけられているというくらい。リーヴェスは安らかな表情で眠っていた。

じわりと涙がこみあげる。自分がファルカを刺激したせいで、とんでもないことになってしまった。

希望がもてるとしたら、あやつるためにはファルカがもう一度リーヴェスにしっかり近づいて術をかける必要があることくらいだ。腕輪をつけただけでは呪いは発動しない。

(でもわかんない……ファルカがいつどこで仕掛けてくるかなんて……)

原作通りならば、クーデターまではあと四ヶ月の猶予がある。けれどそんなにのんびりはしていられない予感がする。彼は機が熟せばいつでもやりそうな気がした。

「本当に……」

「ごめんなさい、はもういらない」

ゆったりとした声とともにリーヴェスが目を開いた。いつから目を覚ましていたのだろう。その瞳は寝起きというにはしっかりしている。

「殿下……！　大丈夫ですか!?　体の方は……」

「それはこっちが聞きたいよ。痛みはない？」

「全然ないです！　だって傷なんてほとんどなかったですから……」

「それなら良かった。俺もあの後兄上のところに行ったんだ。腕輪に兄上の魔力を注ぎ込んでもらった。こうしておくと、あいつが呪いをかけようとした時に、想定の倍以上の魔力が必要になるらしい」

さすが魔術師協会の長。今回のことでファルカは相当な魔力の持ち主だとわかったけれど、きっとそれ以上なのがティハルトだ。心強いなんてものじゃない。ほんの少しだけシアナの胸の痛みは和らいだ。

けれど、それも一瞬のこと。

シアナの心に沈む罪悪感は、変わらずにそこにある。

「殿下、やっぱり謝らせてください。ファルカが突然あんなことをしたのは、私が彼を刺激したせいです。本当にごめんなさい、私……」

「はい、そこまで。俺の方こそ、シアナを守れなかった。本当にごめん」

「そんなことないです。殿下は守ってくれました。私なんかのために腕輪をつけて……」

「なんかじゃない」

シアナの悔いそのものを閉じこめようとでもするかのように、ひたりと唇にリーヴェスの指が押し当てられた。のぞきこんでくる青い瞳に怒りは見えない。いっそ罵ってもらえたらと思うのにその表情は柔らかく、シアナの罪悪感を淡く照らして包み込もうとする。

その優しさに泣きたくなるということに、リーヴェスは気づいていないのだ。シアナはかぶりを振ったが、彼の視線は揺るがなかった。

「そんなふうに言うなよ。こう見えて、俺は今結構嬉《うれ》しいんだ。……なんでかわかる？」

「……全然わかりません」

「シアナが泣いてるから」

リーヴェスはゆったりとシアナの頬をなでた。

慈しむように、それでいて愛しいとでも言うように。

「その涙全部、俺のためでしょ」

誰のため、なんて考えたこともなかった。自分が許せなくて、リーヴェスに申し訳なくて、ファルカに文句を言いたくて……ぐちゃぐちゃの気持ちに名前なんてつけられない。

けれど、その全てはリーヴェスのためのもの……。シアナが小さくうなずくと、リーヴェスは微笑んで、シアナの唇をさらった。

柔らかく触れるだけのタッチで数回。

直後に、ぐいと引き寄せられる。

「もし責任を感じてるって言うなら、これからはずっとそばにいてほしい。あと……俺にほんとうの気持ち教えて」

「ほんとうの……気持ち……？」

「俺のこと、どう思ってる？」

「そんな……今ですか……」

あんなことが起こった後で、シアナの心は張り裂けそうなほどに罪悪感と後悔でいっぱいだ。心があばれまわっている状態の今、そんなことを聞かれたら。

（もう隠せなくなる……）

むき出しの気持ちが、簡単に噴出してしまう。

シアナはリーヴェスのことを、誰よりも特別に想っている。愛しくて、好きだと思う。

だからこそこんなに心が押しつぶされそうに苦しい。

（そんなこと言わせないで……）

はらはらとこぼれおちる涙が頬をつたう。リーヴェスがそれを舐《な》めとるように舌を這わせるから、シアナの頰はどんどん熱を帯びていった。

「殿下……」

「ほら、言って。シアナは俺を……？」

もう答えなんてわかっているくせに、こんなふうに言わせたがるなんて。

うるんだ視界の向こうで、リーヴェスの微笑みが揺れている。その輪郭をとらえようと目をこらしながら、シアナは心を決めた。

「……好きです」

息を吐く。言葉を声に乗せる。

普段なら意識もしないことをじっくり確かめながら、シアナは声を絞りだした。うまくできたかどうかはわからず、空気がもれたような音がしただけのような気もする。

ちゃんと伝えることができただろうか。

ゴシゴシと目をこすって視界を解放すれば、リーヴェスは微笑んでいた。

「やっと言ってくれた」

リーヴェスが深い息とともにそう吐き出す。直後にお礼と言わんばかりのキスの雨が顔に降り注いだ。

「ちょっ……でっ……殿下っ……」

額に、頬に、鼻頭に、そして唇に。彼の思うままにくちづけられて、くすぐったいし恥ずかしい。そのキスはやがてシアナの唇にたどりつき、上唇を舌でなぞられた。

「口、開けて」

優しい声に誘われるように、シアナは唇を開いた。

リーヴェスの舌を迎え入れるのは何度目だろう。挨拶のように舌先をつつかれて、シアナもそれに絡ませるようにした。途中で唾液を吸われて、シアナの下腹部が震える。

思い出すのは、体を重ねた夜のこと。

どこか期待し始めた体が熱を持って、じわじわと体内に巡り始める。

「……シアナ」

艶やかに色づいた声にシアナの体が先に反応した。彼はシアナの唇を名残惜しそうに見つめ指でなぞった。

「好きだよ」

途端、涙がこぼれた。

彼にくちづけられると、全てを許されている気になってしまう。

自分のしたことの重大さに震えているのに、リーヴェスの熱にくるまれて、どこかホッとしている。

許されたい。

でも許さないでほしい。

シアナ自身が自分を許せないから。

「シアナ……今は、何も考えなくていい」

「そんなの……無理です……」

これまでの努力を自分が全て無にしてしまったのに、気持ちの切り替えなんてできるはずもない。そんなシアナを見て、リーヴェスは一つ息をつくと困ったような顔を見せた。

「……わかった」

声に落胆が混じっていた気がして、心に不安がよぎる。こんなにも泣いてばかりで、呆《あき》れられたのかもしれない。

（そうだ……せめて自分にできることを探さなきゃ……）

これから自分は何をするべきなのか――。思考がぐちゃぐちゃなりにシアナが考えを巡らせようとした時、リーヴェスの手が胸元に伸びてきた。そこでようやく自分が身につけているのが薄手のガウンのみだと気づく。先ほどファルカにスカートを切り裂かれたからなのだろうけれど、シュミーズも何も身につけていない。あっさりと前が開かれ、素肌に外気が触れた。

「!?」

驚きにこれまでの思考が全て止まり、シアナは体を硬直させた。さらにリーヴェスが体を移動させて、胸元に顔を寄せてくる。彼の意図に気づいて、シアナはあわてた。

「ちょ、ちょっと待ってくださいっ……殿下っ……！」

リーヴェスの肩を押しても、彼はびくともせずに舌先でつぼみをなで上げた。優しく柔らかな刺激に、つんとした快感が走る。

「あっ……んんっ……」

「どうしても考えてしまうなら、俺がそれを塗りつぶすよ」

リーヴェスがぱくりとシアナの胸の先を口に含み囁《ささや》いた。その蠱惑的《こわくてき》な響きに心がしびれるかのよう。舌先の刺激と相まって、口から甘い声がもれてしまう。柔らかく嬲《なぶ》られたかと思ったら、時折甘噛みされて、どんどん快感が強くなっていく。

「声、出して。感じてるって、俺に教えて……」

キュッともう片方の胸の尖《とが》りも指先でつままれて、シアナは高い声をあげた。

「殿下っ……」

「もっと。……もっとだよ」

「あんっ……やっ……だってっ……あふっ……」

その言葉に煽《あお》られるようにしてシアナは喘《あえ》いだ。リーヴェスからの刺激は少しずつ強まっていく。いつのまにか彼の頭を抱きかかえるようにして、与えられる刺激に声をあげて応えていた。

（だめ……気持ちいい……声が我慢できない……っ）

体が熱い。汗ばんできたと自覚してきた頃、リーヴェスが一度胸から顔を離した。

青い瞳が燃えている。

あの夜を思い出すような情欲の光に吸い込まれそうだ。事実、吸い込まれてしまうのかもしれない。鼓動がせわしなくなってきて、急に口の中が乾き始める。

「殿下……」

リーヴェスは薄く笑みを浮かべると、シアナの耳に唇を寄せた。

「……それ、脱ごうか」

「待って——」

「待たない」

ガウンのベルトがあっさりとほどかれる。こうなってはもう止められない。シアナは観念して、リーヴェスの望む通りにした。ほのかな光源のもととは言え、自分の体を隠すものがなくなるのは心許ないし、恥ずかしい。リーヴェスはまだしっかりと衣服を身につけているから、尚更だった。

「あ、の……殿下も……」

「わかってる」

言うなり、リーヴェスは荒っぽい動作でシャツを脱ぎ捨てた。そのまま下も——と思いきや、再びシアナを押し倒してくる。

「殿下……？」

「先にこっち」

次の瞬間シアナの唇はふさがれていた。

驚いたものの、薄く口を開き彼の舌を招き入れて、夢中で絡める。息が苦しくなるほどの濃厚なくちづけから、まるで彼の想いが流れ込んでくるようだ。もしそうならば全てを飲み干したい。必死にしがみつきながら、そんなことを思った。

「シアナの唇は……ほんとに甘い……」

お互いにくちづけに溺れて、唇を離した時には銀の糸が繫《つな》がっていた。彼の唇が艶めいているのがやけに気恥ずかしくて、顔をそらす。そこでふと——彼が髪の毛をかきあげた拍子に、おどろおどろしい腕輪が目に入った。

「あ……」

思わず声がもれていた。

（そうだ……殿下の左手には、あやつりの腕輪がある……）

リーヴェスが腕輪をはめた瞬間の鋭い罪悪感が再熱する。

（あの腕輪がいつ力を発揮するのか……ファルカ次第なんだ……）

腕輪がリーヴェスの手にはまっている限り、彼の身は薄氷の上に立たされているようなもの。すーっと体の熱が冷えていき、視線が腕輪に釘付《くぎづ》けになる。リーヴェスもシアナの視線を追いかけるようにして、しまったという表情になった。

「気にしなくていい。少なくとも今は、ただの悪趣味な装飾品なだけだ」

「でも……」

そんなふうに切り替えるためには、罪悪感が大きすぎた。一連の出来事の引き金を自分が引いてしまった自覚があるだけに、気にしないようにしたくても視線は引きつけられる。

——と、ふと目の前に影がよぎった。あたたかい手のひらがまぶたに押し当てられ、視界が閉ざされる。

「見なきゃいい。そうすればないことと同じだし」

「そんな無茶苦茶なっ……！」

「……だったら」

ぎしりと寝台がきしむ音とともに、リーヴェスが起き上がった。機嫌を損ねてしまっただろうか。不安になったけれど、リーヴェスは先ほどシアナが着ていたガウンのベルトを手にとっただけだった。その表情に怒っているような色はなく、むしろ瞳はキラキラと輝いているように見える。

「殿下？　……それ、どうするんです？」

「ん、こうするんだよ」

ゆっくりと視界がベルトで遮られ——。

「待ってください。もしかして……」

「うん、これ目隠しにちょうどいいなって」

「だ、大丈夫です！　そんなことしなくてもっ」

「大丈夫じゃないから、やってるの」

有無を言わせぬ強引さで縛られてしまい、視界が真っ暗になった。固結びをされたようで、すぐにほどくことも難しそうだ。

「これで良し」

「良しじゃないですっ！　殿下――」

「……さ、ちゃんと最後まで脱がないとね」

やけに近くでリーヴェスの声が響き、下着をするするとおろされていく。何が何だかわからないままに脱がされてしまった。

「殿下っ……そんな」

「――大丈夫」

力強い言葉の直後、太もものある一点をなぞられた。先ほどファルカにつけられた傷の部分だ、とすぐにわかる。

「さっきのことも、この傷も……全部、俺が――」

その先に彼が何と言ったのかは聞き取れなかった。触れられた箇所に吸い付かれ、ピリッとした刺激が走る。

「――ん、ちゃんとついた」

二度、三度と同じような刺激を太ももに受けて、シアナも見えないながらに把握した。彼はきっとキスマークをつけている。傷のまわりに、いくつも、いくつも——。

「ふふ……俺のしるしの方が目立ってる」

「も、もう十分だと思います……！」

「そう？　もっと欲しいけど——まあでも、このくらいにしておこうか」

再び空気が動く気配がしたと思ったら、膣《ちつ》に新しい刺激を受ける。そっと触れているのは、きっとリーヴェスの指だ。優しくなぞられて、びくびくと体が反応する。ぐっと押し込まれれば、無意識にそれを締め付けてしまう。

「今は俺のことだけ感じてて」

「……んんっ……あっ……」

感じられるのはリーヴェスが動く気配と衣擦れの音。

自分の全神経が触れられている箇所に集中して、かすかな動きでも十二分の刺激となる。蜜壺《みつつぼ》に侵入した指に、その隘路《あいろ》を押し広げられ、どくどくと愛液があふれていくのがわかった。内側を引っかかれるようにされて、腰がびくりと跳ねる。

「……ここ？　ここがいい？」

「殿下っ……もう見ませんっ……見ませんからっ……」

「だーめ。そんなこと言って、シアナは見ちゃうに決まってる」

「だって……んっ」

ぴりっと脳天を駆け抜ける刺激があった。リーヴェスの指が膣の中をさぐりながら、花芽まで触れてきたのだ。

「あ、あ……そこ……」

「大丈夫。……ほら、力を抜いて……気持ちいいことだけ考えてて」

おまけに耳を甘噛みされて、シアナの口から甲高い声がもれた。視界がふさがっているせいで、全ての刺激に過敏に反応してしまう。次に何をされるかわからないことが、こんなにも体を敏感にするなんて知らなかった。

「ひゃっ」

ふと鎖骨にふわりとリーヴェスの髪が触れ、それすらも甘美な刺激になる。そのまま胸のつぼみを舌でつつかれて、また嬌声《きょうせい》をあげてしまう。いやいやをするように顔をそむけても、リーヴェスの指も舌も容赦はしてくれない。

「で、殿下ぁっ……も、ダメ、ダメですっ……」

リーヴェスの指の動きに合わせて、腰が揺れてしまう。深く奥へと誘いこむように腰が浮き上がって震える。もっと気持ちよくなりたくて、もっとしてほしくて……自分の意識がそこにしか向かなくて怖い。確かにリーヴェスの言う通り、腕輪のことはだいぶ意識の隅においやられていた。

（でも……見えないのは切ないっ……）

リーヴェスの顔が見たい。彼がどんな表情で自分に触れているのか見たい。彼の青く燃える瞳にとらわれたい。

「お願いっ……ほどいて……殿下が見たいんですっ……」

「……どうしよっかな」

「ええっ……意地悪っ……！」

　ふふと、小さく笑う声がした。

　その直後、唇がふさがれる。ついばむようなくちづけを何度か受けてから、楽しそうな声がした。

「俺としてはこのままでもいいけど」

「顔見えないと寂しいです……」

「……かわいいこと言っちゃって」

　リーヴェスが動く気配がした。ベルトの縛り目に彼の手がかかったことがわかり、ホッと息をつく。どうやら願いを聞き届けてもらえたようだ。しゅるしゅるとベルトがほどかれ、まぶたへの圧迫感が消える。目を開くと、ぼやけた視界が広がった。けれど次第に焦点もあってきて、リーヴェスが優しく微笑む表情が見える。

「……殿下……」

「見るのは顔だけね。……約束」

　もう余計なものは見ないように。今だけは、お互いを想う気持ちだけを抱いていて。

　リーヴェスの心はシアナにも伝わった。返事の代わりに手を伸ばせば、抱きしめさせてくれる。

「好きです、殿下……」

「……このタイミングで言うなんて、俺だけじゃなくてシアナも十分ずるいな」

もう我慢できないとリーヴェスは低く呟くと、ズボンに手をかけた。下着ごとズボンをおろし、すでに勃ちあがった逸物が姿をあらわす。もうすっかり大きくなっているそれが、自分の中に入ってくるのだ。想像するだけで、蜜があふれる秘所はぴくりと震えた。

リーヴェスはなまめかしい息をついて、あわいをなぞった。それからすぐにシアナの足を開かせて、間に体をいれてくる。

「はぁ……シアナ……」

ゆったりとした動きで擦り上げながら、リーヴェスはシアナの愛液と自身の先走りをなじませていく。そのぬめる感触が気持ちよくて、シアナの蜜穴はひくひくときたる時を待ちわびた。たまに花芽をこすられると、どうしても甲高い声がもれてしまう。リーヴェスはシアナの反応を引き出してから、いよいよ屹立《きつりつ》をあてがった。

「入れるよ」

艶めいた声が響き、次の瞬間に自分の中心へと向かって熱いものが突き進んでくる。

ゆっくりと入ってくる異物感にシアナは体をのけぞらせた。

繋がっているところがひどく熱い。痛みにも似た違和感に、生理的な涙がこぼれる。

リーヴェスにそれを舐めとられて、シアナは小さく微笑んだ。

なんて幸せだろう。

遠くから見つめるだけで満足していた頃には、きっともう戻れない。

ゆったりと抽送を始めたリーヴェスのこめかみに、汗の玉が浮く。そっと指で触れると、それを合図にしたようにリーヴェスが顔を寄せてくる。

きっと彼はキスが好きだ。

この間の夜もそうだったけれど隙あらばシアナの唇は奪われ、吸い尽くされる。舌の絡め方も、吸い上げられた時の呼吸も、あっというまにシアナの体に染み付いてしまった。

「殿下っ……」

ねだるように唇の角度を変えてキスを続けながら、リーヴェスの首元に抱きつく。そのまま抽送は少しずつ速く強くなっていた。自分の内側が揺さぶられ、突かれて、彼と一つになっていることを色濃く感じる。

何度か強めに打ち付けられた後で唇が離れたけれど、シアナはすぐに追いかけた。

（気持ちいい……ずっとこうしていたい……）

前言撤回。キスが好きなのは、シアナの方だ。何をされるよりもリーヴェスに求められている気がするから。

シアナはぎゅっと足を絡ませて、蜜壺に力をこめた。急な収縮に、リーヴェスからも艶めいた声がもれた。彼も感じているという事実はシアナを幸せにする。

揺さぶられ、奥まで穿《うが》たれているうちに、少しずつシアナの感覚が切羽詰まったものになっていった。せりあがる快感に抗えない。

「殿下っ……私……」

「ん……すごい締め付けっ……イキそうなんだ……？」

「だって……だって、こんな……」

「いいんだよ、イって。俺も――もう……」

リーヴェスは言葉を切ると、抽送に意識を集中させることにしたようだった。普段の涼しい顔は上気して、その目は情欲にたぎり壮絶な色気を放っていた。律動の激しさに応えるように、シアナの内側からも愛液があふれていくのがわかる。

目が合えば、心焦がさずにはいられない。

あふれる愛しさと気持ち良さに身をまかせて、シアナはひたすら嬌声をあげ続けた。リーヴェスの荒い息遣いに煽られるようにして、自分の体が高みへと押し上げられていく。

「くっ……出る……！」

「んっ……ああんっ……」

一瞬リーヴェスの顔が歪《ゆが》み、強く奥まで押し込まれた。ぐっと内側の重量感が増して、彼が自分の奥へ精を放ったのが感じられた。強い痙攣《けいれん》と刺激にがくがくと頭の中も揺さぶられる。快感がはじけて、繋がっているところから溶け合い一つになるような錯覚に陥る。

シアナは、彼からもたらされる全てを逃さないように、抱きしめる腕に力をこめた。

八　夜明けの和解

気持ちが昂《たか》ぶっていたのか、行為の後にリーヴェスが寝息をたてはじめても、シアナは寝付けなかった。邪魔しないよう息をひそめて、彼の肩越しに壁の燭台《しょくだい》をぼんやりと眺めていた。ゆらめく炎に合わせるように、自分の意識もどこか不安定で、体は疲れているのに眠れない。

リーヴェスは安らかな表情で眠っている。体にも心にも負担がかかっただろうから、今晩こそ悪い夢を見ないでずっと眠っていてほしい。

（私は起きよう……）

ゆっくり身じろぎしてみれば、下半身には重だるい感覚があった。この間より痛みが少ないことに感謝しつつ、そっと腕の中を抜け出す。ひとまず掛布を体に巻きつけた後に、リーヴェスを窺《うかが》う。彼は深い眠りの中にいるようで、ぴくりとも動かなかった。

寝台からおりる時に太ももを確認すると、小さなかさぶたがあった。ファルカが自分に残したものに苦いものが広がると同時に、そのまわりに散る赤い花が目に入る。そのままさきほどのリーヴェスの激しさを思い出して、シアナは赤面して顔を覆った。彼に触れられて、愛されている間、確かにファルカのことは塗りつぶされていた。彼の激情に翻弄されて、ついていくのが精一杯で……。

今こうしてある程度落ち着いていられるのは、きっとあの嵐にさらわれたからだ。荒れ狂う感情の行き場を与えてもらった。

――けれど。

シアナはそっとかさぶたに触れて、息をついた。

ファルカの暗い瞳を思い出すとやるせない。あんなに思いつめていたなんて全然気づかなかった。シアナが呪いについて調べることを嫌悪していた理由も、今更気づいてももう遅い。

（ファルカが抱えてるものは何なの……？）

知りたい。

この期に及んでも、ファルカがクーデター派に与していると思いたくない。それがどんなに感情的なことだとわかっていても、願わずにはいられなかった。

シアナは着替えを探そうとあたりを見回した。けれど室内のどこにも洋服が置いていない。続き間となっている部屋にならば置いてあるだろうか。それともクローゼットを開けて――いや、それだと泥棒のようだ。

逡巡《しゅんじゅん》するシアナの後ろで、衣擦れの音がした。

「……またいなくなろうとしてる」

咎《とが》めるような声音に、シアナは肩を震わせて振り向いた。リーヴェスが体を起こして、シアナをねめつけている。

「洋服隠しといて正解だったな」

「隠したんですか……」

何をやってるのかと言いたいが、確かに効果てきめんだ。

「同じ過ちは繰り返さないようにしてるんだ」

リーヴェスは人の悪い笑みを浮かべて、シアナを手招きした。こうなってはもう諦めるしかない。シアナがおとなしく寝台に戻ると、リーヴェスは満足そうにうなずいた。体が少し冷えてしまったようで、リーヴェスの腕のあたたかさがじわりと染み込んでいった。

「ちょっと書庫に行こうかと思ってたんです」

「まだ夜明けには遠い。書庫は閉まってるだろ？」

「協会に行けば誰かしら起きてるだろうから、開けてもらえばいいかなと思って。もう一度呪いの本を読んで、どうにか腕輪を外す方法がないか調べてみます。あと、ファルカの部屋も調べれば手がかりがあるかもしれません」

「あー……うん、ありがとう」

「なので、洋服の場所を教えてもらえますか？」

「いいけど……朝になってからにしよう」

リーヴェスはシアナの頬をなでて微笑んだ。まるで幼い子を諭すような態度に、シアナは眉を下げる。

「でも、気づいた時に動いた方がいいと思うんです。ファルカが殿下にいつ何をするかわからないし……」

「まだあいつは動かないよ」

「……なんでわかるんですか？」

「ヘイドルーンにある武器はまだ動いてない。あいつが俺を担ぎ上げようとするなら、ちゃんと準備が整ってからにするだろう。原作みたいに議会があって諸侯が集まる日に決行するとしても、あと一ヶ月は猶予がある。それに兄上があいつの素性もきっちり調べて、交友関係や行きそうなところにあたりもつけている。暗躍のローブを持ってるから見つけられるかは微妙だが、牽制《けんせい》にはなるだろ」

一気に言った後、リーヴェスはシアナをのぞきこんだ。

「たった数時間行動を早めたってそんなに意味はない。できることはしてるから、今は安心して俺の腕の中にいて」

シアナが意識を失っている間に行動していたのだろう。そうだ、そういう人だったと思い出して、体の力を抜いてうなずく。

「よろしい」

満足そうにリーヴェスは微笑んで、シアナにくちづけを落としてきた。唇に、頬に、まぶたに。その優しい感触に安心して目を閉じた。あたたかい腕に包まれると、体をすりよせたくなる。彼はきっと抱きしめてくれるから――。

「おやすみ、シアナ」

期待通りに彼の腕の力が強まり、耳にキスが落とされる。

（絶対疲れてるよね。腕輪のことも負担になってるだろうし、さっきだって……）

体を重ねた時の激しさを思い出して、シアナの下腹部が疼《うず》いた。繋《つな》がった時の感触もいまだ鮮明で、シアナの頬は勝手に熱くなる。

一回目の時は、気まぐれかもしれないと思っていた。たまたま同じ境遇にいたからシアナに親近感が湧いたとか、たまたま気分が高揚したところにシアナがいたとか。

時間がたてば気持ちが冷めて、なかったことにされるかもしれない。そんな不安をいつも抱えていた。

けれど、もうその迷いはたち消えている。

ファルカと対峙《たいじ》したあの時、シアナにかまわずに彼を確保しても良かったはずだ。ファルカはリーヴェスが要求を飲むと確信していたようだったから、ダニエルと協力して不意をつけばそうできた可能性はあったと思う。

なのにリーヴェスはあっさり要求を飲んだ。

あんなにも原作通りにならないように抗っていたのに、シアナのことを優先した。

それが悲しくて悔しくて……なのに心の奥底で、嬉《うれ》しいと思ってしまった。彼の自分への想いの深さをつきつけられて浮かんだのは、仄暗《ほのぐら》い喜び。あのひどくどろっとして甘美な感情は忘れられそうにない。

（知らなかった。私ってすごく……いやなやつだったんだ……）

彼を救いたいと思う気持ちは本当なのに。それなのに。

「……ごめんなさい……」

身勝手な自分を戒めるように、シアナはきつく唇をかみしめて、そう呟《つぶや》いた。すでに眠りの世界に旅立ったリーヴェスからの反応はない。

きっとリーヴェスはこんな言葉はいらないと言うだろう。だから最後にする。これからは、全力でリーヴェスを救うために動こう。心に決めてそっと彼の頬にくちづけ、シアナも眠りの世界へと旅立った。

――次に意識が浮上した時、室内は薄明るくなっていた。カーテンの向こう側で空が白み始めているようだ。もうすぐ朝の鐘が鳴る頃かもしれない。外を確認したくて起き上がろうとしたところ、腕をつかまれた。

「もう、ほんっとうに油断ならないんだから」

呆《あき》れた声とともに、リーヴェスがゆったりと目を開ける。

「あの、ちょっと外を確認しようと思っただけで、出て行こうとしたわけじゃ――」

「……ふーん？　ほんとかなぁ……」

リーヴェスは疑いの目を向けつつ、顔を近づけてくる。目覚めたばかりの二人らしく、ゆったりとしたキスを交わそうとシアナも心もち唇を突き出して――。

「殿下！」

扉の外からダニエルの焦った声がした。それと同時に上品とは言い難いノックの音。

リーヴェスは思いきり顔をしかめて、かすめるようなくちづけをした後に起き上がった。

「どうした」

「ティハルト殿下がいらっしゃってます！」

「えぇっ⁉」

驚きに思わず声がもれた。

（ティハルト殿下が⁉）

シアナもがばりと起き上がり、自分が一糸まとわぬ姿であることにひえっと変な声が出た。心臓がばくばくとうるさく鳴り始める。

「朝早すぎるだろ……」

リーヴェスは恐ろしく低い声で呟いた。シアナを振り返り、残念そうに息をつく。

「もっとベッドの中にいたかったんだけどな。……兄上はせっかちすぎる」

リーヴェスは全くもうと頭をかきながら起き上がり、面倒くささそうにシャツを羽織った。その後でシアナの洋服をクローゼットから出してくれる。昨日着ていたものではなく、新たなブラウスとスカートだった。ファルカに切り裂かれたスカートはもう処分したそうだ。迅速な対応に彼のファルカへの怒りが透けて見える気がした。昨日あったことを思えば、そうなるのは自然なことだ。ただ、どうしても——。

（だめ、今は考えない）

シアナは小さく首を振って、着替えを進めた。濃緑色のローブを羽織り、きっちり前を留める頃には、多少心は落ち着いていた。今は扉の向こうにいるティハルトのことに意識を向けるべきだった。

「あの、殿下……私はいないことにしておいた方が……」

「いや、大丈夫。兄上は知ってるから」

「え」

何を知っているのだろうか。昨日のファルカの蛮行だろうか。それとも自分がリーヴェスと夜を共に過ごしたことだろうか。もしも後者だったら、気恥ずかしさでどうにかなってしまいそうだ。

緊張が体に走る。けれど、この状況で会わない選択肢はなかった。

＊　＊　＊

シアナとリーヴェスが身支度を整えて寝室を出ると、早朝とは思えない完璧な姿でティハルトが待ち構えていた。両脇には二人の護衛が立っている。

（ひえっ……朝から迫力ありすぎ……！）

ティハルトはピシッとしたシャツにクラヴァットをしっかりと巻き、ジャケットも羽織っていた。今すぐにでも公務を始められそうな装いだ。それに比べてリーヴェスは身支度といっても、シャツにズボンを身につけただけ。予想した通りにすごく気まずい。

「兄上は早起きだなぁ」

リーヴェスは普段通りひょうひょうとした態度で、ティハルトにのんびり声をかけた。全く動揺を見せていないところは、さすがとしか言いようがない。

彼と顔を合わせるのは、あの魔術をかけられた時以来だ。リーヴェスからは味方であると聞いているけれど、実際に対峙《たいじ》するとぎくりと体はこわばった。

その瞬間、背中にリーヴェスの手が添えられた。

「兄上、まずは言うことがあるだろう?」

リーヴェスの言葉にティハルトは心得ているといった表情でうなずいた。

「あなたには、すまないことをしました。私の早とちりで不快な目にあわせてしまって……」

沈痛な面持ちから、ティハルトの誠実な思いが伝わってくる。頭を下げられて、シアナはあわてて言い募った。

「いえ、いいんです！　誤解だってわかってくださったならそれで！　あの、私こそすみません。あの時……」

ティハルトとキスしている映像が見えてしまい、動揺してしまった。そう伝えると彼は目を丸くした後で、少しだけ頬を染めた。

「それは確かに……言いづらいだろう、と思います」

「すみません……」

「いいんです。あなたの占いの仕組みもこれでわかったので」

ティハルトをまっすぐに見つめると、リーヴェスとよく似た青い瞳は柔らかく細められていた。リーヴェスの笑顔が弾けるような大輪の花だとすれば、ティハルトの微笑みは淡く色づく花のようだ。ようやくお互いの間を隔てていたものが溶けていくのを感じた。

「シアナ、私は……」

「よし、じゃあこの話は終わり」

何か言いかけたティハルトの言葉を、リーヴェスが遮った。心なしか声に不満そうな色がにじむ。わかりやすい嫉妬にシアナはびっくりして、ティハルトも苦笑いだ。

「リーヴェス……いつからそんなにわかりやすい男になったんだ……」

「俺はいつだって正直な人間だよ」

にこりと笑って、リーヴェスはシアナに目配せした。意味深な視線を投げかけられ、シアナはたじたじである。

「はぁ……それよりも本題だ。——腕輪を見せて」

ティハルトはあっさり話題を打ち切ると、リーヴェスの左手をとった。ブラウスの袖をまくればそこには黒光りする腕輪がはまっている。明るい中で目を凝らすと、うっすらと魔力の膜がはっているのが見えた。

（すごい魔力が内包されてる……。これはファルカの？）

ティハルトは真剣な目で腕輪を検分している。じっと見つめていると、リーヴェスがふと口を開いた。

「シアナはファルカの素性を知ってる？」

「いえ……何も知らないです。前に聞いた時にはぐらかされたから、あんまり言いたくないのかと思って」

魔術師協会という組織は、身分によって序列が決まっている。役職がついて様々な権限を持てるのは貴族だけ。平民出身の魔術師はどんなにその能力が秀でていても、シアナのような実務兼雑用一辺倒の部署に配属される。書庫の管理は魔術師たちの間で閑職のような扱いを受けていたから、ファルカはきっと平民出身なのだろうと思っていたけれど。

「ファルカ・コルネリウスは、五年前まで辺境伯としてヘイドルーンの近隣に所領を持っていた貴族の嫡男です」

腕輪から視線を外さないまま、ティハルトが静かに言った。

「ただ、コルネリウス家は爵位を剝奪されたから、元・貴族だな」

（その名前、原作に出てきてた！）

コルネリウス辺境伯は、五年前の外征でミスを犯して部隊を全滅させてしまう。先発隊としてユルに切り込むためにたくさんの軍備を整えていたのに、全て無駄になってしまった。先発隊がふるわなかったことで、後発隊も散々な結果となり、第二回の外征は大失敗に終わった。その責任をとらされる形で、爵位を剥奪されたのだ。

（ファルカがコルネリウス家の嫡男……）

彼の憎しみのこもった瞳を思い出して、シアナの中で不明瞭だったものの輪郭があらわれはじめる。

「そうだ……コルネリウス辺境伯は、その後ヘイドルーンに流れるんですよね……」

コルネリウス元辺境伯は、領地を追われて、旧知の仲であるヘイドルーン領主の元に身を寄せる。そこで国王への恨みを募らせてクーデターの片翼を担うのだ。

「でも息子がいるなんて原作には……」

「原作とは？　……あなたはコルネリウス家との関わりがあったわけでもないのに、なぜそこまで……」

「あっ、いえ、あの……」

せっかく疑いが晴れたというのに、またティハルトの瞳にいつかのような剣呑《けんのん》な色が宿っている。シアナはあわてて口を引き結んで、リーヴェスに助けを求めた。

「もうここまできたら言っていいさ」

真実を知ってもらえば、ティハルトの頭脳と魔力は大きな助けとなる。リーヴェスはそう言いたいのだろう。シアナは数秒だけ考えてから、覚悟を決めてうなずいた。

「何の話だ？」

ティハルトは腕輪から視線をそらして、シアナとリーヴェスを交互にねめつけた。その強い視線を受け止めて、リーヴェスが切り出す。

「兄上、よく聞いてくれ。実は俺とシアナは……」

――シアナとリーヴェスは、ティハルトに全てを打ち明けた。長い話になるからとテーブルで向かい合い、交代でそれぞれの事情を伝えていく。『アルニム年代記』の内容、シアナとリーヴェスが転生者であり、二人で原作の流れを変えようと動いていること。ティハルトは最初こそ涼しい表情を崩さぬまま質問をはさんできたが、最終的には眉間にしわを寄せ、難しい表情になってしまった。

「ここは作り物の世界ということですか……」

絞り出すような言い方に、ティハルトの困惑が見てとれた。無理もない。自分の生きる世界の根幹を揺るがす内容なのだから。

「それは違う」

シアナが何と言えばいいのかわからずにいる一方、リーヴェスの反応は早かった。穏やかな表情でティハルトを見やり、丁寧に言葉を紡ぐ。

「だって兄上も俺たちも確かに生きているだろう？　怪我をすれば血を流すし、誰もが日々を一生懸命生きて死んでいく。作り物なんて言葉で片付くような世界じゃない」

「それは……」

ティハルトは虚を突かれた表情になり、何か言いかけたものの、すぐに口を真一文字に結んだ。頼りなく揺れる視線は、彼の心に響いたからだろう。彼はそのままテーブルに頬《ほお》杖《づえ》をつき、じっと何かを考え込み始めた。

（そうだよね……いきなりこんなこと言われたら……）

にわかには信じられない——というよりも認めたくないのかもしれないと思う。けれど、ティハルトならば受け入れてくれるのではないだろうかと思う気持ちもあった。彼の心の天秤《てんびん》はどちらに傾くだろう。固唾を飲んで見守っているうちに、十分ほど経過した。

「……シアナ」

リーヴェスがそっと耳打ちしてくる。彼は困ったような笑みを浮かべていた。

「兄上は一度考え始めると長いんだった。……ちょっと散歩でも行かない？」

「何言ってるんですか。そんなことできませんよ」

「いいのいいの。ほっとくと半日このままってこともあるし——」

「その心配はいらない。大丈夫だ」

唐突にティハルトが顔を上げた。先ほどよりも表情は落ち着いていて、どこか吹っ切れたような雰囲気がある。

「あ、本当に？　思ったより早かったな。頭の整理はついたってこと？」

「状況は理解した。色々と思うことはあるが、些細《ささい》なことだ」

「それは良かった」

「お前は……大変なものを抱えていたんだな」

ティハルトはまっすぐにリーヴェスを見つめ、労わるように言った。その表情は弟を思う兄の顔で、シアナまで目頭が熱くなった。きっと彼は受け入れてくれたのだ。荒唐無稽な話だからといって否定せず、信じる方を選んでくれた。それはすなわち、二人の間に確かな絆《きずな》があるということだった。

「いや……まあ、うん」

珍しくリーヴェスも照れた様子で、歯切れ悪く言った。

「簡単に言えるようなことじゃなかったからな。……兄上ならわかるだろう?」

リーヴェスの言葉が含むものを、ティハルトもしっかり受け取ったのだろう。視線を交わした二人は、数秒間見つめあった。そしてほぼ同じタイミングで、肩の力を抜くように息を吐き出す。ティハルトは穏やかな笑みを浮かべてうなずいた。

「お前たちが覚悟を持って伝えてくれたことに報いないといけないな」

「頼りにしてるよ、兄上」

リーヴェスの晴れやかな笑顔に、シアナも胸がつまる。彼にとってまた一人信じられる人物が増えたことが、何よりも嬉しかった。

＊　＊　＊

あの時、ああする以外の方法はなかった。

彼女を巻き込みたくなかったけれど、自分のやるべきことを優先するしかなくて――。

ファルカがリーヴェスに『あやつりの腕輪』をつけて一週間。現在、ファルカは城下町のはずれにある小さな家に身を隠していた。細い道沿いに似たような古びたレンガ造りの家が並ぶ、日々の生活に苦しむ平民たちで形成されたスラム街だ。ここはそもそもクーデターを起案した人物――この国の宰相が別名義で所有している家で、密談をするにはうってつけの場所だった。

あれ以来ファルカはずっとここで過ごしている。寝台は粗末で、テーブルもきしんでいるが、必要最低限のものはそろっているので不便はない。

その日の午後、ファルカはシアナの実家である『菓子屋・小鳥亭』へと足を運んでいた。お腹がすいたから。甘いものが食べたくなったから。――彼女のことを考えていたから。

木製の飾りの優しい音とともに扉を開ける。ショーケースの陳列を直していた女性が振り向いた。シアナの母親は、目元が彼女によく似ている。

「いらっしゃいませ」

「こんにちは」

少し控えめに発声して、ガラガラの声がきちんと出ることを確認した。今、ファルカは自分に魔術をかけて、中年の男性に変装している。つきだした腹をのんびりとなでながら、ゆったりと微笑む――設定としては、娘のために焼菓子を買いに来た父親だ。

「今日はまだタルトもパイも残ってます。いかがですか」

彼女は明るい笑顔でショーケースを示した。シアナからは材料不足で全然売り物がないと聞いていたが、数種類の焼菓子が並んでいて彩りも豊かだ。

「全部一つずつ包んでもらえますか。……あ、ナッツのタルトだけ二つで」

「かしこまりました！」

以前、シアナがおみやげにとくれたのがこのタルトだった。砂糖漬けのナッツがふんだんにのせられていて、その甘さとタルト生地の芳醇《ほうじゅん》なバターの香りがおいしかったことが記憶に深く残っている。一緒にキャラメルパイももらったけれど、ファルカは素朴な味がするこちらの方が好みだった。

「……こんなに焼菓子の種類があると思いませんでした」

「もしかして以前いらっしゃってくれましたか？　クッキーしか並べていない頃……」

それに肯定も否定もしないでいると、彼女は早合点して頭を下げた。

「その節はご心配をおかけしました」

「いえいえ、品揃《しなぞろ》えが戻ってきたなら何よりですよ」

「ありがとうございます。バターが手に入らないので、一時は店を休もうかと思ったんですけど……リーヴェス殿下のおかげでここまでの状態に戻せたんです」

「……え？」

まさかここでその名前を聞くとは思わなかった。反射的に顔をしかめてしまう。それを何か咎められていると勘違いしたのか、彼女が慌てた様子で説明を始めた。

「あ、どういうことかと言いますと、リーヴェス殿下は徴兵で人手不足になっていた牧場などに、人をまわしてくださったんです。その方達の賃金も国の財源でまかなうとおっしゃったそうで……そのおかげでバターも生産が再開して、うちにも少しずつまわってくるようになりました」

うっとりとした表情で、彼女は語った。

「今は年明けの外征に向けて大変な時期ですけど、こうして残された人間にも気を配ってもらえると……やっぱり嬉しいですね」

その素直な物言いから、心底からリーヴェスに感謝しているのがわかる。

「……そうですね」

静かにそう答えるのが精一杯だった。焼菓子がつまった紙袋を受け取り、代金を支払いながらよぎるのは、何をされてもリーヴェスの肩を持っていたシアナの顔。

『殿下はいい人だよ！　ファルカが思ってるよりも……』

その言葉を思い出して、舌打ちしたくなった。

（……色ボケめ）

彼女のまっすぐな目を受け止めて、真っ向から否定したい。

一瞬で湧き上がった気持ちは、同じように一瞬で、諦めという名の深淵《しんえん》へ飲み込まれていく。

もう彼女と会うこともない。――いや、違う。たとえ顔を合わせたとしても、彼女はもう以前と同じようには自分を見ないだろう。

自分で選んだことだし後悔はかけらもない。

この胸の痛みすら、わかっていたことだった。

＊　＊　＊

小鳥亭の紙袋を抱えて隠れ家に帰宅したファルカは、扉を開けた瞬間に顔をしかめた。

居間の中央にある椅子にむさくるしい風体の男がふんぞりかえって座っている。

宰相の子飼いの間諜《かんちょう》だ。名前は知らない。けれど、大柄の割にいざとなれば俊敏な動きができる男だ。

「ファルカ、だよな……?」

彼は中年男に扮《ふん》したファルカを見て、少しだけこころもとない視線を向けてくる。目の前で魔術をといて元の姿を見せると、途端に表情をゆるませた。

「さすが稀代《きだい》の魔術師サマだな」

そんなふうに呼ばれたのはもう昔の話だ。

無視して紙袋を抱え直すと、男は次にファルカを咎めてきた。

「買い物なんていい身分だな。お前が勝手な行動をしたから、あの方は相当怒ってるぞ」

わざとらしく顔をしかめて、男は足を組み替えた。

『あの方』というのは、男の主人にしてこのクーデターの中心人物である宰相のことだ。そもそもこの計画は宰相が数年前から密かに進めているもので、ヘイドルーンのアレンス公爵は副次的な立場に過ぎない。そしていくら二人きりの空間と言っても、間諜はそのあたりの情報漏洩《じょうほうろうえい》は絶対にしない。

「文句はもう十分聞いたはずだけど」

もともとファルカの使命は、リーヴェスが思うような行動をとらなかった場合になんとかすることだった。彼に『あやつりの腕輪』をつけて、無理やりにでもクーデターを起こさせる――その行動自体は別に間違っていない。ただ、その時期が宰相にとっては問題なだけで。

『リーヴェス王子にクーデターの意志はないと判断したから、あやつりの腕輪をつけてきた』

この隠れ家でファルカが間諜に託した伝言を聞いて、宰相は卒倒しそうになったらしい。リーヴェスをあやつること、その下準備は奥の手であり、こんなふうに計画の準備段階でしでかすようなことじゃない。一応ファルカだってそう認識はしていたのだ。不可抗力でこうするしかなかっただけだ。

（どうしてシアナはリーヴェス殿下があやつられる可能性を知っていたんだろう……）

この疑問だけは、今でも解けない。

急に彼女が人をあやつる魔術について調べ始めた時は、一瞬自分たち側の人間かとも疑った。けれどそんな話は聞いたことがなかったし、彼女にクーデターに加担する理由はない。

（それにきっと彼女は本気で殿下を……）

ずきりと胸の奥が針に刺されたように痛み、ファルカは咳払《せきばら》いでごまかした。

「リーヴェス殿下は僕のことを『クーデター派』だと認識したけど、あの人まではたどりついてない。その証拠に、あの人のまわりは騒がしくないいんだろう？」

「確かに今のところ平穏だ。……でもヘイドルーンから武器の輸送を急がないとならなくなった」

ああなった以上、リーヴェスは全力でクーデターを阻止しようとするだろう。そのためにまずは、ヘイドルーンの武器庫に意識を向けるはずだ。誰がクーデターを画策しているか精査するよりも、実際に見てきた軍備をおさえる方が重要と考えるはず。自分だったらそうする。

リーヴェスの差し向ける部隊がヘイドルーンに着く前に、武器を運びださなければならない。宰相は早々に武器をアルニムへと持ってこさせる算段をつけたはずだ。

（もう戻れない）

ヘイドルーンからの武器が到着した時が、決行の時だ。時期が早まろうが自分のやることとは変わらない。

迷いはなかった。

五年前に父親が没落して以来、辛酸を舐《な》めてきた。そこまで魔術の発展に興味はなかったけれど、魔術師協会での未来が絶たれた時には、悔しさが燃え上がった。ティハルトから「君には才能がある。私が即位した暁には君を押し上げるから」と声をかけられたが、それにすがって残ったわけじゃない。生きるため、そして国王への憎しみを忘れないためだった。

国民を疲弊させても無茶な外征を続けようとする国王。十年前に初めての外征を決めた頃は「関税協定の話し合いにおいて、不義があった」など大義名分があったそうだが、今やただの国王の私怨にしか見えない。それに振り回されて全てを奪われた両親と自分。

そして国王の最も近くにいながら、悪政を止める力を持たない王子二人。

この五年間で、ファルカの中には国王の圧政への憤りと、無力な王子二人への失望がつのっていった。

「……文句を言うだけなら、もう帰ってくれないか」

「はいはい、ひとまず街に出るなら、国王はカスって噂《うわさ》くらいはばらまいといてくれよ」

ヘラヘラと笑いながら、男はファルカが持ち帰った紙袋に視線をうつす。

「ついでにさ、さっきから甘い香りしてるそれ、俺にも分けてくれよ。腹減ってるんだ」

「だめだ」

「なんだよ、結構量ありそうだしいいじゃん……」

「だめだ」

「はいはい、ケチだなー」

気の抜けた声でぼやくと、男は大きな体をゆすりながら出て行った。ぱたりと扉がしまって、数拍ののちファルカも息をついて紙袋から一つ目の焼菓子を取り出した。油紙をひらいて、ナッツのタルトを取り出す。

『絶妙な甘さがクセになるんだよ！　甘いもの嫌いじゃないなら、ほらどうぞ！』

思い出すのは、これを初めて食べた日のことだ。

シアナになかば強引に押し付けられて食べはじめて、それがひどくおいしくて……。

一口かじって、ナッツの甘さとタルト生地の芳醇さを味わう。

あの時夢中で食べるファルカを見て、シアナはとても嬉しそうだった。その笑顔が心の中で少しずつ色褪《いろあ》せていく。やがて彼女の泣き顔に上書きされていくのに時間はかからなかった。

＊　＊　＊

それからの一ヶ月間は、シアナにとっては今までとは比べ物にならないほどの密度で過ぎていった。

ファルカのことは、調べれば調べるほどに心が重くなった。コルネリウス辺境伯は、領地の産業を大事に守り、その発展に尽力する人だった。きっと人望も厚かっただろう。それが外征失敗の責任をとらされて、爵位と領地をとりあげられてからは、誰も彼に手を差し伸べなくなった。コルネリウス家を気にかけることで新しい領主に目をつけられたくなかったという事情もあるのかもしれない。けれど、だからって彼の家族が離散して落ちぶれていく前に何かできることはあったんじゃないかと思ってしまう。

リーヴェスもティハルトもそのことに関して少なからず責任を感じているようだった。

特にティハルトは、彼を魔術師協会に引き止めた縁がある。

「制度なんて無視して、彼の地位を守ってやれば良かった。……今更言ってもどうしようもないですが」

ティハルトの苦々しい呟きは、シアナの心深くに沈んだ。

その頃のファルカは魔術師協会でも才能に溢《あふ》れた魔術師として出世街道に乗ろうとしていたところらしかった。ティハルトが言うには、誰よりも多彩な魔術を操るセンスがあったとか。そもそも父親の件があった時には協会を辞めるという選択肢もあったようだが、ティハルトが引き止めて書庫へと配置換えしたそうだ。

彼の境遇を思うと、国王に恨みを抱く気持ちはわからなくはない。

「私が国王に即位したら協会の体制を変えて、ファルカを引っ張り上げようと思っていた。彼には居場所がある。そう伝えたかったのだけれど……かえって復讐心《ふくしゅうしん》を煽《あお》ってしまったのかもしれない」

というのはティハルトの言だ。時間は有限で、その肌感覚は人によって違う。ティハルトの長い計画は、ファルカには間に合わなかった。

（ファルカ……どこにいるの）

シアナは彼を思いだすたびに、胸に穴があいて風が通り抜けているような感覚に陥っていた。もう一度会えたら、言いたいことがたくさんある。聞きたいことも。たとえ、彼が自分に会いたくないとしても――。

九　決する時

その日、数ヶ月に一度の議会が開かれるとあって、ホール内は正装した貴族とその護衛の騎士たちでざわめいていた。真っ白で精巧な彫刻でいろどられた柱がアーチ型の天井を支え、四方の窓にはめられたステンドグラスは教会のような荘厳な雰囲気を醸し出す。常ならば舞踏会や晩餐会《ばんさんかい》が開かれるこの場所は、今日は椅子が規則的に並ぶ議事堂となる。

この一ヶ月の間に、アルニムには本格的な冬が訪れ城内にも冷気がしみこんでくるようになった。首を縮こませたくなる季節だ。足元から底冷えする寒さを嫌う貴族が多いので、今日のために使用人たちが絨毯《じゅうたん》を敷きつめた。その柔らかな感触を確かめるように踏みしめながら、シアナはダニエルとともに所定の場所へと向かった。

品良く並べられた議員たちのための椅子を抜けて、上座への段差を乗り越える。ホール全体を見渡せるところに国王の玉座があり、両脇にはティハルトとリーヴェスのための肘掛椅子も置かれていた。

今日のシアナは分厚いローブを着てフードをかぶっている。ティハルトが用意してくれたのは濃紺色のローブで、裾に刺繍《ししゅう》された王家の紋章が魔術師協会でも高位の立場であることを示す。今日はダニエルも魔術師協会の人間に扮《ふん》し、二人でティハルトの侍従として彼の椅子の後方で待機した。

「……いよいよですね」

そっとシアナはダニエルに囁《ささや》き、ごくりとつばを飲み込んだ。ずらりと並んだ椅子には諸侯たちがすでに集まって、王族の登場を待っている。彼らの背後には護衛の騎士たちが目を光らせていて、ホール内はざわつきと緊張感に満ちていた。

原作では手短に済まされていた初冬の議会。

リーヴェスがクーデターを起こす議会まで、あと三ヶ月ほどの猶予がある。けれど、今日全てを終わらせる。そのためにリーヴェスやティハルトと話し合って、考えてきた計画を遂行するのだ。クーデターを止めるため、彼にかけたあやつりの腕輪を外すため、準備に準備を重ねてきた。

（どうかうまくいきますように……！）

祈るような気持ちで、玉座の背の獅子《しし》の彫刻を見つめる。そのまましばらく待っていると、鐘の音が響きホールの扉が開いた。国王と王子二人が姿を見せた瞬間、波のように喧《けん》騒《そう》が引いていく。国王は静まり返ったホール内をゆったりと見渡してから、確かな足取りで歩みを進めた。王子二人もそれに続く。

（あれが国王……）

実際の姿を見るのは初めてだった。青銀色の髪は半分ほど白髪に変わり、銀糸のようにたなびく。紫紺色のガウンを纏《まと》い威風堂々とした姿は、確かにこの国を統べる者としての威厳に満ちていた。

その後に続くティハルトとリーヴェスも同様だ。国王と同じ色でコーディネートされた正装姿は凛々《りり》しく、普段の柔らかさをかき消して、ひたすらに昂然《こうぜん》とした雰囲気を醸し出していた。

「さあ始めよう」

ゆったりと玉座についた国王が低い声を響かせる。

それを引き継ぐように、議長である宰相が一つだけ用意された机に進み出る。置いてあった鐘を鳴らして、議会の開会を宣言した。

「皆の者、すまない。今日はまず私たちからの報告を聞いていただきたい」

普段ならば宰相が議題を読み上げるところだが、それをティハルトが遮り、リーヴェスとともに立ち上がった。何事かとホール内がざわつき始め、貴族たちの視線は王子二人に集中した。

「我らがアルニム王国の繁栄をせきとめんとする輩を告発させていただく」

リーヴェスが朗々と宣言したことで、場が騒然とし始める。

（きた！）

シアナはダニエルと視線を交わす。ここからが勝負だ。

クーデター派が動くとしたら今日しかないというのがリーヴェスの意見だった。ファルカがリーヴェスに腕輪をつけたことにより、彼とクーデター派が相容れないことが明らかとなった。

原作とはもう世界線は変わっている。

『こうなった以上、俺がクーデターを阻止するために動くのは向こうも予想するだろう。きっと計画を早めるよ』

事実、ヘイドルーンに差し向けた調査団は、それらしき口実で押し入った地下の武器庫で何も見つけられなかった。そこは前回と同じだ。けれど今回はシアナが原作内での護送先を覚えていたから、今頃はリーヴェスの派遣した部隊によって鎮圧されているはず。そのほかの証拠集めは、ティハルトが裏で動いたことにより、いくつか集めることができていた。

諸侯は不安げな様子で隣り合う者同士、目と目を見交わした。お互いに対して疑心暗鬼の視線を向け、けれど何も言えないままに顔をそらす。心の余裕が失われた者は椅子から立ち上がり、落ち着かなげに護衛の騎士と連れ立ってホール内から出ようとした。

そのタイミングを見計らったようにホールの扉が両方ともいっぱいに開け放たれ、鎧《よろい》に身をかためた騎士が列挙して押し寄せる。リーヴェスが信頼する騎士たちの部隊で、彼らは事前に渡してあったリストを元にクーデター派の確保に動きはじめた。百人あまりの諸侯に対して、三十人以上はクーデター派がいるはずだった。

それがきっかけとなった。

身に覚えがある者は焦って逃げ出そうとし、寝耳に水だった者も突然のクーデター告発に困惑している。

リーヴェスの騎士たちによって確保された貴族は焦りながら何事か叫んでいたし、自らの主人を守るために護衛騎士だって黙っているわけにはいかない。

中でもアレンス公爵は誰よりもはやく剣を抜きはなち、抵抗の意を示していた。

「シアナ様、見つかりましたか⁉」

隣のダニエルがその声に焦りをにじませる。

「待ってください、もう少し……！」

答えながら、シアナはさっきからかけている熟視の魔術を強めた。この場所に着いてからずっと、シアナは熟視を使ってファルカを探していた。

（ファルカ……どこ？）

今、王子二人によってクーデター派の出鼻はくじかれた。宰相だって騎士にはがいじめにされて、悔しそうに唇を震わせている。けれど、ファルカもこの場にいるはずだった。このクーデターの正当性を主張するためにも、ファルカはリーヴェスをあやつらねばならなかったのだから。

騒乱の最中で視野は何度もぶれる。けれど懸命にシアナは視線を巡らせた。この騒動を見て諦めてくれたらと願っていたけれど、心の奥底ではそんなやわなことはしないだろうとも思っていた。

その瞬間、真っ赤な魔力が光線となってリーヴェスを貫いた。

「うっ……！」

その光に包まれて、リーヴェスがよろめく。禍々しい暗赤色の光が、彼の左手首の腕輪へと吸い込まれていく。

「リーヴェス！」

ティハルトがすぐに気づいて、自身の魔力をぶつけるように注ぎ始めた。ティハルトの青い魔力が、ファルカの魔力とぶつかって、眩《まぶ》しいほどの光にふくれあがる。

シアナは一瞬だけ目をすぼめたけれど、すぐに魔力の元をたどった。直線上の光の出どころ——リーヴェスの椅子の近くの壁際にファルカは暗躍のローブをまとって立っていた。その輪郭がはっきりするに従って、シアナは叫んだ。

「ファルカ！　もうやめて！」

いつのまにかホール内は剣戟《けんげき》の音も響くようになっていた。リーヴェスが送り込んだ騎士たちと、クーデター派を主人に持つ騎士たちの間で、乱闘が起こっている。この騒ぎに逃げだそうとする貴族も多かったが、その入口はティハルトの騎士たちによって封鎖されていて、混乱を極めていた。

ファルカに、シアナの声は聞こえていないようだった。ただ一心にリーヴェスを見つめて、魔力を放出している。ティハルトの魔力と相殺されて、どんどん消耗していることに気づいているだろうけれど、彼は諦める気配がなかった。ティハルトもそうだ。額に汗を浮かべて魔力を流しこんでいる。

（だめだっ、このこう着状態、どうにもならない！　私は私のやることを……！）

シアナが振り向けば、国王は玉座に座ったままこの狂乱を値踏みするかのように見つめていた。両脇から護衛の騎士が国王に向かって、あれこれと促している。おそらくホールから避難させようと説得しているのだろう。しかし国王はそれを鬱陶しそうに手で払いながら、何かを見極めようと目を凝らしている。

その泰然とした姿を見て、シアナにも冷静な気持ちが戻ってきた。

（そうだ、これを……）

シアナはフードをおろすと、ローブのポケットから紫水晶の首飾りを取り出し、自身の魔力をこめた。これは『護身の首飾り』と言って、魔力をこめれば身につけた人間を魔術から守る。ファルカが何かしらの魔術を使っても初撃は防げるはずだ。

物理的な剣戟に関しては、護衛の騎士に委ねるしかない。

「恐れ入ります、国王陛下」

シアナは国王の前に出て片膝をついた。そうするだけで背後の雑音が一瞬だけ遠のいた気がする。目の前にいる国王の覇気にあてられているのだろうか。いやまさか。隣を見れば、ダニエルもシアナと同じ体勢になって頭を下げている。それにどこか背中をおされた気持ちになって、シアナは首飾りを差し出した。

「こちらの『護身の首飾り』をつけていただければ、魔術による脅威はなくなります。護衛騎士の方とともに今すぐここから避難してください」

「……お前は？」

「魔術師協会所属のシアナと申します」

「……ああ、リーヴェスの愛人か」

まさか国王に存在を認知されていると思わなくて、シアナの心臓がどきりと嫌な音をたてた。『愛人』という響きに傷ついた心を、それどころではないと叱咤激励《しったげきれい》して歯を食いしばる。

「今はここから出るのが先決かと存じます。このままでは……」

「リーヴェスに殺されると言うのだろう？」

「……えっ……？」

シアナは驚きに顔をあげた。初めて真正面から見る国王は、切れ長の目をさらに細めて微笑みさえしている。

「面白いものだな。結末は同じところへ向かっているというのに、毎回過程が違う」

「陛下、まさか……ご存知なんですか」

「この結末を、という話ならば知っている。……そうか、お前も未来を知る人間なのか」

その言葉を聞いて、シアナは震えた。

「知ってるならなぜ……原作通りにことを進めるのですか」

この未来を知っているなら、その原因は明確なのだからいくらでも変えようがあったのではないか。それこそ国を疲弊させる原因となった外征などとりやめれば……。

「何をしても全ては徒労だ。抗えん」

国王はけだるげな瞳を向け、シアナの抗議を切り捨てる。そこに浮かぶのは厭世《えんせい》の色。

もしかしたら国王もリーヴェスのように何度もこの生を繰り返しているのだろうか。遠くを見つめる視線には何の感情も浮かんでいない。むしろ、きたる時を待ちわびているようにも見えた。

「そ、そんなのわかりませんよ！」

思わずシアナは立ち上がっていた。首飾りを国王の手に押しつける。

「シアナ様！」

背後でダニエルの焦った声がした。

国王のそばに待機している護衛騎士たちが血相を変えて、シアナに剣を向けてくる。が、すぐに国王にやめるよう指示され、悔しそうにそれをおろした。

「原作は原作ですけど、今ここで私たちは生きてます！　リーヴェス殿下だって未来を変えようと必死です……！　あきらめないでください！」

国王が首飾りをつかんだのを見て、シアナはすぐに後ろに下がって、また片膝をついた。

「シアナ様、そのくらいで……」

「早く外へとお逃げください！　陛下が無事なら未来は変わります！」

思いきり叫べば、国王の表情に一瞬変化の色が見えた気がする。

どうか届きますように。

祈りながら、今度こそ場を離れようと立ち上がろうとした時だった。

「……このような暗愚な国王など消えた方が良いだろう」

耳を疑うような内容に、シアナは中腰の姿勢でかたまった。

（何を言ってるの……⁉　さっきからずっと思ってたけど、無気力すぎない……⁉）

国王がその役目を原作通りに果たそうとしているのはわかった。けれど、この弱気で人任せな発言は看過できない。シアナの中で急激に怒りがふくれあがって、もう止められなかった。

「そんなに後ろ向きなこと言う暇があるなら、さっさと逃げて引退してください‼　自分の幕引きを殿下に背負わせないでください‼」

「貴様！　陛下に向かってなんて口を‼」

今度こそ護衛の騎士が国王の前に飛び出して、シアナに剣をつきつけた。

「シアナ様！」

ダニエルの悲鳴のような声が重なる。シアナは息を止めて自分の目の前できらめく銀色の光を見つめた。まるで全てがスローモーションのようだった。

行き過ぎた発言だという自覚は一応あった。不敬罪ととられてもおかしくない。

（でもだってあんまりじゃない。今まで私たちがしてきたことを否定されたみたいで……）

自分のローブと絨毯の濃紺色だけが視界に入り、やけにまわりの音がせまって聞こえて来た。剣戟と喧騒《けんそう》のさなか、自分は一体何をしているのか。

だらだらと汗を流しながら、シアナは国王の反応を待つ。

「剣をさげろ」

どれくらい沈黙が続いたのか――体感としてはかなり長かった。国王がはっきりと護衛騎士に言うのが聞こえた。ガチャリと重そうな音とともに殺気が遠ざかる。おそるおそる顔を上げると、国王は相変わらずの無表情でシアナを見つめていた。護衛騎士は厳しい表情でにらみつけてくる。

再び動きそうな国王の口元だけを注視していると、今度は背後から逼迫感《ひっぱくかん》のある叫び声があがった。

「!?」

勢いよく振り返れば、リーヴェスが膝をついて苦しそうにしている。彼にまとわりつく赤と青の魔力は、光の柱を作っていた。ティハルトはもはや彼の腕輪に直接手をかけて、魔力を送り込んでいる。遠方にいるファルカを見やれば、彼は彼で片膝をつきながらも魔力の勢いをおさえようとしない。

一瞬の迷いの後、シアナは立ち上がって国王に背を向け走り出した。背後から護衛の騎士とダニエルが何かを叫んだけれど、構ってはいられない。

「ファルカ！　もうやめてよ‼」

物理的に彼の手をおさえこむつもりでいたけれど、シアナがファルカの元にたどりつくより先に、ガラスが割れるような耳障りな音が響いた。うめき声とともにファルカが膝をつき、その拍子にフードがずれる。もう姿を隠す必要はないと判断したのか、彼はわずらわしそうにフードをおろすとある地点をにらみつけた。

（殿下……！）

リーヴェスとティハルトも、ファルカと同じような状態だ。息を荒げていたが、なんと足元にはあやつりの腕輪が割れて落ちていた。

（腕輪の魔力の許容量を超えたんだ！　ティハルト殿下の推測通り……！）

あの呪いの魔術書の該当ページを読み込み、ティハルトが一つの仮説をたてたのだ。

『私の魔力を注いで腕輪の呪いの力がおとなしくなっているところを見ると、腕輪はきっと最初の魔力を覚えて選り好みしています。このまま私の魔力を注ぎ続ければ、もしかしたら――』

腕輪にファルカの魔力が注入されているとして、もしも不純物――つまりティハルトの魔力を注げば、腕輪はその効力を発動させることはできないのではないか、と。

リーヴェスは呆然《ぼうぜん》と自分の左手首を見つめている。

ティハルトは満足そうにうなずくと、がくりと力を失って両手を地につけた。それをリーヴェスがあわてて支え――。

そこまで見てから、シアナはファルカの方に視線を移した。さきほどまでいた場所から消えている。いつのまにか彼は国王に近づこうとしていた。

リーヴェスをあやつることができないのならば、自分の手でということだろうか。

なんて短絡的。なんて刹那的。

ファルカが最後にくだした決断に絶望を覚えながら、シアナはファルカの行く手をさえぎるように立ちふさがった。彼との距離はあと十メートルというところ。

「ファルカ、もうやめて。こんなこともう……」

あやつりの腕輪は壊れ、リーヴェスが国王を手にかける未来はなくなった。クーデターは失敗だ。ファルカがそれをわからないはずはない。

けれど彼はいつもの無表情のまま、唇だけを動かした。

「ど・い・て」

「どかない！　ばか！　ファルカのばか！」

ファルカは口元を少しあげたようだった。それから右手にナイフを持って、それに魔力をまとわせはじめる。投擲《とうてき》なんてできるわけないと笑えたらいいのに、彼の魔力がそれを支えたら、きっと一気に命中率が上がってしまう。

（ほんっとに容赦ない！　なんなの！）

ファルカとは、なんだかんだ良好な関係を築いていたと思っていた。魔術師協会の同僚として、友人として。そのあたりをもうちょっと考慮してくれてもいいんじゃないの⁉と怒りと悲しみと何もかもがごちゃごちゃになった気持ちで、シアナも魔力を指先にこめはじめる。ナイフと同時に魔力をぶつければ止められるだろうか。

ファルカが振りかぶった。いよいよとシアナも腰をおとした瞬間、目の前に大きな影が飛び込んできた。

紺色のマントがはためき、銀糸の獅子の刺繍が勇ましく目の前で揺れる。一筋の光を描くように剣がふるわれ、耳障りな金属同士の衝突音が響いた。

「……殿下！」

シアナの真正面にすべりこむようにあらわれたリーヴェスは、肩を激しく上下させて呼吸も荒かった。ぷすぷすと刀身から煙のようなものがたちのぼっているのは、ファルカからの短剣を剣で打ち落としたからだろうか。

カランと鈍い音をたてて、ファルカが投げた短剣は地に転がった。

(剣で止めるなんて……！)

なんという俊敏性と正確性だろう。シアナが魔力を放っていてもこんな見事な結果にはならなかったと思う。リーヴェスは刃の状態を確認した後、シアナを振り返り微笑んだ。

「良かった、間に合った」

ここまでずっと緊迫していた気持ちが一瞬だけゆるんだ。彼が来てくれたなら大丈夫だ。自然とそう思えて涙がこみあげる。

「ファルカを……！」

シアナの言葉とともにリーヴェスが走り出す。ファルカは片膝をつき、その肩は大きく上下している。きっと魔力を使い果たしたのだ。さっきからずっと最大量の放出を続けて無尽蔵に見えたけれど、彼にもきちんと底はあったようだ。

赤い目はシアナをじっと見つめ、彼はわずかに口元を動かした。何かを伝えようとする口の動きだった。けれど、うまく唇を読み取れない。

「えっ……何⁉　ファルカ！」

ファルカは首を横に振って口の端を上げる。間をおかずにリーヴェスがファルカのそばに寄り、彼の腕を後ろ手に拘束した。ファルカは抵抗せず、シアナから目をそらした。駆け寄ろうとしたけれど、シアナも後ろからダニエルに腕をつかまれ近づくことは叶《かな》わなかった。

そのまま、ホール内の騒ぎは波がひくように一斉に収束していった。もともとリーヴェスの部隊は強者揃《つわものぞろ》いだ。長期戦になっても耐える体力と、力の配分をコントロールする術に長けている。クーデター派の貴族たちは全て拘束され、一番の抵抗を見せていたアレンス公爵も最終的にはその膝を地につけた。

ユルから密輸入していた武器も無事に取り押さえ、さらにクーデター派の血判署名まで押収できたことで、彼らの逃げ道は潰れた。リーヴェスとティハルトが目指したクーデター派の告発は概ね成功したのだった――。

＊＊＊

それから一週間後。

シアナとリーヴェスは使用人棟二階の廊下を並んで歩いていた。ほとんどの使用人たちは王宮で働いている時間帯とあって、あたりは静かなものだ。目的は自室で謹慎しているファルカに会うためだった。

「……これでクーデターは止められたってことでいいんですよね？」

シアナはこの一週間のめまぐるしさを思い出しながら、隣のリーヴェスにたずねた。彼がしっかりとうなずいたのを確認して、ほっと胸をなでおろす。

この日、国王から沙汰が出て、クーデター派は主犯とされる数名——宰相やアレンス公爵など——の爵位は剝奪、その他の取り巻きのように付き従っていた貴族はまとめて向こう五年間の蟄居《ちっきょ》が命じられた。取り巻きたちの爵位は剝奪はされないが、その間の彼らの領地は王領としておさめられることが決まった。

実はシアナ自身もあの時の国王への発言が不敬罪に問われてしまうのではないかと心配していたのだが、杞憂《きゆう》に終わった。改めて思い返すと相当失礼なことを言った自覚があるだけに、リーヴェスから一笑に付され、どれだけ安心したことか。

「それよりも兄上の手伝いをしてほしい」

そう言われて、シアナはしばらくティハルトについて騒動の後処理に携わることになった。クーデター派は魔術師協会の中にもある程度いたから、協会内もあれこれと変革が必要で、ティハルトはかなり頭を悩ませたようだ。暫定的な人員配置や日々の仕事の振り分けの調整など、必死に走り回った。だからその内情は理解しているのだが、いまだに実感がわかない。

「三度目の正直、だな」

リーヴェスがかみしめるように言う。

クーデターは失敗に終わり、もうリーヴェスが断罪されることはない。

心の中で反芻しているうちに、いつのまにかファルカの部屋の前に着いていた。扉の枠がわずかに発光しているのは、彼が部屋から出られないように特殊な魔術がかけられているから。部屋の前に立つ見張りの兵士にリーヴェスが目配せすると、彼は一礼して体をずらした。

「ファルカ、開けるよ」

ノックをしてからシアナが扉を開けると、ファルカは机に向かっているところだった。そこには何かの本が置いてある。いつも着ていたローブではなく、簡素なシャツとズボン姿のファルカはなんだか物珍しかった。

「何の用？」

あの日以来の再会だというのに、ファルカは潔いくらいに普段通りだった。まるであの出来事がなかったかのようだ。フードがない分その表情もよく見えるのだが、無愛想もここまでくると清々しい。こういう状況下でもリーヴェスを思いきりにらみつけている。

「ちょっとファルカ！」

「別に今更隠す必要ないでしょ」

肩をすくめて、ファルカはシアナに視線を戻した。

「それで、どうしたの」

「いや……その、元気かなと思って……」

「はぁ？」

ファルカは呆《あき》れた表情を隠そうともせず、本を閉じた。その拍子に右手首につけられた『魔封じの腕輪』が目に入る。今、ファルカは魔道具によって魔術を封じられていた。この腕輪が外れるのは処罰が終わる五年後だ。左足には鎖がつながれ、ひどく重たそうな鉄球と繋《つな》がっている。ティハルトの特別な計らいで牢屋《ろうや》に入れられなくて済んだとはいえ、彼の行動はほとんど制限されていた。そして沙汰が決まった以上、ファルカは数日の間にこの部屋を出ていかなければならない。

彼の父親――コルネリウス元辺境伯も、今回のアレンス公爵の元でこの計画に加担した罪に問われている。母親や彼の兄弟については行方知れずと聞いていて、リーヴェスたちも深く追うことはしないと言っていた。つまり彼には頼るべき場所はなく、王領のどこかに送られると聞いていた。

「……もうどこに行くか決まってるの？」

「それを知ってどうするの」

取りつく島もない、とはこのことかもしれない。会話を打ち切って再び本を開くファルカは、相変わらずにもほどがある。シアナはため息をついてから、リーヴェスを見上げた。

「あの……ちょっとだけ、二人きりで話してもいいですか」

「その必要ある？」

「ちょっとだけでいいんです」

どうもファルカはリーヴェスがいると口を閉ざすというか、会話が成立しなくなってしまう。毛嫌いしているのはわかっているけれど、これでは会いにきた意味がない。リーヴェスは苦々しい表情だったけれど、シアナが何度も懇願してようやく折れてくれた。

パタリと扉が閉まると、ファルカは今度はシアナをねめつけた。

「本当におめでたいね。無防備すぎない？　僕がまた君を襲うかもとか思わないの？」

「足に鎖ついてるし、魔術だって使えないのに、それは無理でしょ。それより色々言いたいことがあるんだけど！」

「傷を負わせたこと？　それとも殿下に腕輪をはめたこと？」

「……それはもういいよ。いやちょっとは痛かったし、殿下のこともばか！　って思ったけど。……それよりあの時なんて言ったの？」

ホールで最後に目があった時。確かにファルカはシアナに向かって、何かを伝えようとしていたのだ。きっと短い言葉で、最初は『さよなら』かと思ったけれど、なんとなく口の形が違う気がして。

　ファルカもその時のことを思い出してはいるようだけれど、首を横に振った。

「覚えてない」

「言うと思った！　じゃあ候補言うから思い出してね。逃げて。避けて。ありがとう。さよなら。……どう？　正解あった？」

「……ない」

「えー……嘘《うそ》ついてるんじゃないの？」

「もう忘れたよ。そんな話するためだけに来たなら――」

「ああ、まだあるって！　むしろこっちが本命！」

　シアナは手に持っていた紙袋を机の上に置いた。実家で買って来たナッツのタルトだ。

「……元気でいてよね」

　シアナにとってファルカは大事な同僚だった。その絆《きずな》は自分が思った以上に深かったようで、彼のとった行動に憤りは感じているけれど、こうして彼が罪人として裁かれて離れた場所へと向かうことに胸が締め付けられる。

「私、ファルカが抱えてるものの大きさとか想像もできないし、王族の人たちが憎いって気持ちもわからない。でもファルカには元気でいてほしい」

「……別に元気だけど」

「うん……それならいいの。これ食べてね」

なぜだかシアナの方が泣きそうだった。

家族の形を理不尽に壊されて、色々なものを失って。後ろ盾をなくしたファルカは、どれほどに魔術師協会で生きづらかったのだろうか。

(言ってくれて良かったのに)

憎しみをためこんで、それを噴出させる場を作ろうなんて考えに至る前に、もしもそれを知ることができたら。その闇が消えることはないだろうけれど、彼の行動を変えることができたのではないだろうか。

――でも、もう全ては終わったこと。それはわかっている。今のシアナにできるのは彼を見送ることだけだ。

ファルカは紙袋から一つ、ナッツのタルトを取り出した。それをじっと見つめる横顔は、どこか柔らかい。前に渡した時に好きそうだなと思っていた、その予想は当たりだったらしい。

「あのさ、五年たって罪をつぐなったら、たまにはこっちに来たり……しない？」

「来ないよ」

瞬時に空気が凍りついて、ファルカは半眼になってしまった。完全にかける言葉を間違った。シアナだって可能性は低いかもしれないと思ってはいた。いたのだけれど……

ファルカの表情が優しかったから、つい口が滑ってしまったのだ。

「そっか。……やっぱりもうここから離れたいんだね。でも……でも、ここでの思い出もさ、嫌なことばっかりじゃなくていいこともあったでしょ。それはそれとして覚えておいてほしいよ」

「違うよ、好きだから」

「……え？」

「シアナのことが好きだから、もうここには戻らない」

（好き……？　ファルカが私を……？）

突然の告白に衝撃を受けていると、ファルカはさらに続けた。

「さっきの答えはこれだよ。あの時、好きだよって言ったの」

その意味を完全に理解して、シアナは叫びそうになった。あわてて口元をおさえてから、もう一度確かめる。

「そうだったの⁉　私を⁉　……ていうか、あの時、そんなこと言ってたの⁉」

「もう会わないと思ったし、最後ならいいかと思って」

「そ、そうなんだ。……ファルカが私を……。え、でもちょっと待って。ナイフ突き付けておいて、それはありえなくない⁉　……怖かったんだから！」

そうだ。絶対あれは好きな相手にやることじゃない。痛みはわずかだったけれど、かなりの恐怖感だった。

「別にそこまで深くなかったでしょ。……まあ悪かった、と、思ってはいるけど」

ファルカはバツが悪そうに呟いた。さっきまでとは打って変わってしおらしく、気まずそうな表情を見せるから、シアナの方もそれ以上言えなくなってしまう。

「本当に……す、好きなの？」

「あの時無理やりキスしとけば良かったと思うくらいには」

ティハルトに魔術をかけられた時。

あの時のファルカからは、全然そんな……好意をもたれているなんて微塵《みじん》も感じなかった。今のファルカからだってそうだ。淡々とした言い方だから、どこまで本気かわかりづらい。けれど、ファルカはこんなことで冗談を言うタイプでは決してないから、やっぱり――。

「……あの、私」

「わかってるから言わなくていい」

ファルカはバッサリ切り捨てると、ナッツのタルトをかじった。一口食べたら止まらなかったらしく、あっというまに手のひらサイズのタルトはファルカの腹の中へとおさまっていく。

「おいしかった。……ありがとう、シアナ」

その表情はあのホールで見せたものと同じ、かすかな微笑み。今ならわかる、きっとこれがファルカの精一杯の愛情表現だ。

シアナは一粒だけ涙をこぼして、自分も微笑んだ。

十　甘い告白

「それで、何を話してきたの」

「……これから元気でねっていう話をしただけですってば」

シアナは苦笑いで答える。ファルカの部屋を出てから、リーヴェスの部屋に誘われてたどりつくまでに、五回はこのやりとりを繰り返している。最初は神妙に答えていたシアナだったけれど、いいかげんしつこいと呆《あき》れた表情を隠すこともしなくなった。

ファルカからの告白の話なんてしたら、リーヴェスがどうなるかわからない。ただでさえファルカに対する感情値はマイナスのメーターを振り切っているのだ。これ以上刺激したら、血を見る恐れすらある。

まだ午後も早い時間とあって、リーヴェスの部屋は太陽の光がふんだんに差し込み、夜とは全く違う顔を見せていた。紺色の絨毯《じゅうたん》の上に光の陰影が浮かび、明るく照らされたテーブルの上の花瓶には白い薔薇《ばら》が飾られている。

「わあ、きれいですね」

ぴんとはった花弁とかぐわしい香りにシアナの顔は自然とほころんだ。いつもは果実酒が置いてある場所に花があるのは、なんだか不思議な感じがする。

　扉を控えめにノックする音が響き、紺色のワンピースにエプロン姿の女性がティーワゴンを押して入ってきた。リーヴェスの側仕えのメイドと顔を合わせるのは初めてだ。シアナの母よりも年上だろうか、目尻に優しげなしわが刻まれた顔立ちが印象的で、名前はデボラというそうだ。

「ようやくお会いできました」

　デボラはニコニコと柔らかい笑顔を向けてくれた。

　これまでリーヴェスの部屋に行くたびに、掃除の行き届いた整った部屋だなという印象を抱いていた。彼の身だしなみも完璧と言える気品がただよっているし、相当仕事ができるメイドがついているのだろうと思っていた。

（ようやく、ってことは絶対私のことは知ってたんだよね。一体どういう認識をされてたんだろう……）

　リーヴェスから話を聞いているのか、それとも『愛人』という噂《うわさ》を知っているのか。そのあたりが気になったけれど、彼女の視線は自分に好意的だ。それだけはわかったから、シアナはしどろもどろに自己紹介と挨拶をした。

「あの、この薔薇とってもきれいです。特に育てるのが難しい品種って聞いたことがあります」

「そうなんです。殿下が今日だけはとおっしゃるので、薔薇園に駆け込みました」

「あれー、そういうのは内緒にするものだと思ったけどな」

今日だけとはどういう意味だろう。シアナが首をかしげると、リーヴェスが口をはさんできた。そのなんとも言えない表情に対してデボラは余裕の笑みを浮かべたままだ。

「特別な日はあらかじめそう伝えておいた方がいいんですよ」

「それはそれは、アドバイスありがとう」

「頑張ってくださいね、殿下」

何かあると感じ取れるような含みのある言い方で、二人の間には確かな共通認識があるようだ。何せリーヴェスが困った顔で肩をすくめている。

「それでは私は退散しますね。シアナ様、ごゆっくりお過ごしください」

「あ、はい、ありがとうございます」

デボラは一礼すると、部屋を退出した。扉が静かに閉まった後に、珍しくリーヴェスが照れた様子で額に手をあてている。

「まったくもう、遠慮ってものがないな……」

あのリーヴェスがからかわれているさまは、かなり新鮮だった。確かな信頼関係があるからこそなんだろうと思うと微笑ましい。

「せっかくだし、お茶をいただきましょうか」

いれたての紅茶と焼菓子を楽しめる時がくるなんて夢のようだ。薔薇に寄り添うような紅茶の香りに胸がときめき、花を模した形のマドレーヌに期待がふくらむ。リーヴェスももう普段通りの表情に戻って、シアナの提案にうなずいた。

「ああ……そうだな。――じゃあこっちにおいで」

彼は先にソファに座ると、シアナを手招きした。期待に満ちた視線には覚えがある。

「え、そっちですか……」

「うん、こっち」

有無を言わせない迫力を感じて、しずしずとリーヴェスの足の間に浅く腰掛ける。すぐに背後から腕がまわってきて抱きしめられ――いつかの夜を思い出して、シアナの胸は高鳴った。

「さっき、あいつの部屋で泣いたでしょ」

ぐ、と息がつまった。ちゃんと目元をぬぐってからファルカの部屋を出たつもりだったけれど、赤くなってしまっていたのだろうか。少し気まずい。

「そりゃあ……だって、ファルカの境遇を思うと……」

「同情？」

「そ、そういう言い方は……！」

「じゃあ何。……まさかそれ以上の感情なんて言わないよね？」

リーヴェスの声が低くなると同時に、殺気にも似た空気がただよった気がする。

「そ、そういうんじゃありません！」

ファルカの告白は心の中に残っている。多分これからもずっとそうだ。シアナにとって彼の存在は、心にしっかりと刻まれているから。

ただ、シアナが誰よりも想っているのはリーヴェスだ。心配しないでほしい。

あわてて振り向いたけれど、リーヴェスの表情は予想に反して明るいものだった。さっきの低い声は、どうやらポーズだったようだ。

「……試しましたね?」

シアナはじっとりとした視線を向けて、自分も真似して声を低くした。

リーヴェスは悪びれる様子もなくうなずき、そのまま触れるだけのキスを落としてきた。急にそんなことをされて、言おうとしていた文句がかき消えてしまう。失われた言葉を復活させようにもリーヴェスの笑顔が眩《まぶ》しくて、シアナはふいと前を向いた。くつくつと忍び笑いの声が聞こえて、気恥ずかしさに耳に熱がこもる。

「さて、そろそろ真面目な話もしないとな」

「真面目な話……」

自分とリーヴェスの関係についての話だろうか。

(まさか、もうこんなふうに会うのはおしまい、とか……?)

お互いに好意を抱いていることは伝えあっている。けれどクーデターを止めた今、リーヴェスは第二王子として果たすべき務めが待っているのかもしれない。たとえば——政略結婚とか。

ふとそんなことが浮かび、胸がつまる。けれど、だとしたらこんなふうに白い薔薇を飾ってくれたり、デボラと引き合わせてくれたりするだろうか。逆に、未来の話が待っているという可能性もあるのでは？　——そうだったらどんなに良いだろうか。

紅茶を一口飲んで、シアナは息をついた。思った通りに風味は豊か、後味もすっきりしておいしい。おかげで少しだけ気持ちは落ち着いた。

「お願いします……」

つい声が震えてしまったのを隠すように、両手で顔を覆う。シアナの反応はリーヴェスにとっては予想外だったようだ。

「え、どうしたの？　何かあった？」

「いいえ、殿下の真面目な話ってどっちだろうって……」

「どっちって？」

「いいんです、気にしないでください。……お願いします」

「うん……まあいっか。じゃあこっち向いて」

おそるおそる振り向くと、朗らかな笑顔に受け止められた。

（あ、悪いことじゃなさそう）

そう直感するのと同時に、リーヴェスが口を開く。

「いい感じにまとまりそうだよ、俺とシアナの婚約」

「えっ……婚約……？　婚約!?」

目の前で閃光《せんこう》がはじけたような錯覚に陥った。良い知らせかもしれないと淡い期待は抱いたけれど、予想以上だ。『婚約』という言葉の強さと甘さの衝撃に、シアナは口をぽかんと開けてリーヴェスを見返した。

「シアナの勲功を口実に爵位を与えるって話も出たんだけど……多分、今の平民っていう立場のまま俺と婚約してもらった方が、国民感情は上向くかなっていう結論になってさ。――いいよね？」

「ちょっと待ってくださいっ。いいも何も、私、勲功なんてたててませんよ!?」

「父上に首飾り渡したでしょ？　身を守ってくれるやつ。それで十分」

「渡しましたけど……あれは作戦のうちだったじゃないですか。しかも結局使われなかったですし……」

「いいのいいの。二人とも納得してる」

「あの、二人っていうのは……もしかして」

「父上と兄上」

「やっぱり！　でもそんな……許されるわけないじゃないですか……」

「なんでそう思うの？　国の最高責任者たちがいいって言ってるのに」

「だって……国王陛下も本当にそう仰ってるんですか？」

ティハルトに話しただけならともかく、国王まで同じ考えだなんてにわかには信じられなかった。

確かに、今の国王はあんなにも悪政を続けてきた国王と同一人物とは思えない。クーデター派への的確な処罰や議会の再編成などを進める姿は、まるで誠実な人格に生まれ変わったかのようだ。けれど対峙《たいじ》した時の厭世的《えんせいてき》なまなざしが、どうしても強く印象に残っている。

「原作通りに生きる必要がなくなって、父上は変わったよ」

国王が転生者であることを、リーヴェスもあのホールでの出来事の後に知ったそうだ。

国王自身は原作の内容は知らなかったが、何度も繰り返される同じ人生に精神的に疲弊し、筋書きをなぞるように生きていたという。

（「全ては徒労」だなんて言ってたもんね……）

感情が抜け落ちたような表情も、国王の抱えていた事情を思えば無理もないのかもしれない。

「今回、俺が結末を変えたことにすごく驚いてたよ。父上は諦めてたみたいだからね。でも、これからは自分の意思で生きていけるって前向きになってる。婚約の件だって、シアナは平民のままでいいって言ったのは父上だし」

「そっか……そうだったんですね」

そこまで言ってもらえているならば、本当にリーヴェスと自分の関係を認めてくれているのだろう。ようやくシアナも安心してリーヴェスの言葉を受け取ることができた。

同時に、それは全てリーヴェスが自分の運命を変えようとし続けたからだと実感する。

彼にだって国王のように敷かれたレールを走るだけという状態になる可能性だってあっ

たはずだ。それこそ二回目の人生を終え、三回目が始まった時に。けれど彼はそこでまた新たな可能性を探った。その決断力と実行力に胸が熱くなる。

「これからはもう原作には描かれてない世界だ」

かみしめるようにリーヴェスは言った。その瞳には強い光が宿り、どこか遠くを見据えている。その先にあるのは、これまで描いても届かなかった未来なのだろう。

目頭がじわりと熱を持つのを感じながら、シアナはうなずいた。

「この一週間、父上と兄上とずっと話し合ってた。ひとまずユルには和平の使者をたてることになりそうだ」

「じゃあ、外征は中止ですね」

「ああ。ヘイドルーンには王領として信頼できる人間を配置するし、向こうにいる兵士たちもすぐにこちらへ戻すよ」

国民を苦しめていた外征が中止になって、ヘイドルーンに出向していた人たちがみんな戻って来れば、すぐにまた城下町は活気を取り戻すだろう。そんな未来が現実になるのは、シアナとしてもほっとした。両親もこれで気兼ねなく焼菓子作りに励める。

「……あの、その節はお世話になりました。殿下が牧場や各所に人をまわしてくれたって」

「ちょっとだけね」

全然ちょっとではないと思う。

聞いた話によると、かなり手広く人足を派遣してくれたそうだ。実家に様子を見に行った時にその話を聞いて深く感謝していたのに、色々あってすっかり言いそびれていた。

「言うのが遅くなってすみません。本当に助かりました」

「いいって。町の皆を助けてこその王族だし、シアナの両親は俺にとっても家族になるんだから」

「家族……！」

「また近いうちに挨拶に行かないとな」

やっぱり正装して行くべきかな。そんなことを言いながら、リーヴェスは楽しそうに目を細める。

「殿下……」

さっきからリーヴェスはさらっと大事なことを言いすぎだ。そういう人だと気づいていたけれど、今日は本当にそれが多い。

「あの……本当にいいんですか」

「当たり前。ていうかずっと婚約のことは言ってたよね？」

「そ、そんなの本気じゃないって思ってましたよ……！　殿下は言葉が軽すぎです！」

「えー……軽いかな？　いつも本心だったけど……」

「あっさり言いすぎなんですよ、なんでも!!」

受け取るこちら側もさらっと受け流さないといけないと思っていた。そうすれば、もしリーヴェスの気持ちが変わった時に傷つかなくて済む。あの言葉の全てを信じてしまったら、きっとシアナはがんじがらめになってしまっていた。

けれど、リーヴェスが眉間にしわをよせているのを見てシアナの体はこわばった。正直な気持ちを伝えたけれど、怒らせたいわけではない。

「あの、殿下……」

「じゃあ改めて言うよ」

リーヴェスはそう言うなり、シアナの腰に手を添えてソファから立たせた。そうしてから自分も立ち上がり、場所を移動してシアナの正面へとやって来る。

「俺としては、シアナの負担になりたくなかったから、わざとさりげなく言ってたところもあるんだけど……それで信じてもらえないなら本末転倒だよな」

リーヴェスがシアナの右手をとり、手の甲にそっとくちづける。前におまじないと称してキスされた時よりもずっと繊細な触れ方で、その柔らかな感触はすぐに離れていった。

それなのに、その部分がやけに熱を持ったような気がする。

「シアナのことが好きだ。これからはずっと俺と一緒にいてほしい」

普段よりも少しだけ低音で、少しだけゆったりとした口調で。

シアナがするりと聞き流してしまわないよう、握られた手には力がこめられていた。

好きという言葉の重みを、今ほど感じたことはないかもしれない。

青い瞳の王子はまっすぐに自分を見つめている。一点の曇りもなく、そこに優しさと愛情だけをにじませて。

今までならば、きっと目をそらしていた。

シアナにとって身分の差は超えられない壁で、それがある限り実らない恋だと思っていた。どんなに自分が好きでも、リーヴェスが想いを返してくれても、彼の王子という立場はそれを許さないだろうと。

そうやってリーヴェスの好意を、何度もはぐらかして逃げていた。

（一番ずるかったのは、私だ……）

あふれる罪悪感が涙となって、シアナの頰をつたう。

「ごめんなさい、殿下……」

「え、嘘《うそ》でしょ」

リーヴェスはぎょっとした様子で、シアナの顔をのぞきこんできた。目尻にそっと触れられて、涙をぬぐわれる。透明な涙の膜の向こうで、リーヴェスの表情はおかしくなくらいに歪《ゆが》んでいた。

「何が心配？　なんでダメなの？　身分のことなら大丈夫って伝えたし、誰にも文句は言わせない。それでもだめ？　不安？　……ああ、やっぱり爵位がないとって思ってる？　もしもそうなら手配する。兄上と父上も俺が説得するから――」

さっきの落ち着き払った態度が一変して、こんなに口がまわるのかと驚くほどの早口だった。あまりにびっくりして涙が止まった。放っておくといつまでも喋《しゃべ》り続けそうだ。

「ちょ、ちょっと待ってください！」

あわてて呼びかけると、リーヴェスはゼンマイの切れた人形のようにかたまった。

「違うんです、謝ったのはこれまでずっとはぐらかしてきたことに対してで……」

誤解だと伝えると、リーヴェスは何度か瞬きをしてから続きを促してきた。

「つまり、どういうこと？」

「えっと……」

リーヴェスは自分にとってかけがえのない存在で、誰よりも愛しく想っている。

何より伝えるべきことは、もうしっかりと言葉になっている。今こそ我慢してためこんでいた気持ちの全てを伝える時だ。

シアナは心を決めて、彼に微笑みかけた。

「……私も殿下と、婚約……したいです」

そう伝えた途端、シアナはリーヴェスの腕の中にいた。彼の肩に頬が押し付けられていて、体にまきつく腕の力も強い。

「……言ったね」

そう言うリーヴェスの声は震えていた。か細い響きに、一瞬空耳かと思うくらいだった。

もしかしたら、彼は彼で不安だったのかもしれない。決して強いだけの人じゃない。そんなこと知っていたはずなのに――。

シアナも背中に手をまわして、力をこめる。抱きしめあって想いが伝えられるのならば、このままいつまでもそうしていたかった。

「ずっと一緒にいたいです。……その、殿下が良ければ……」

「一緒にいるよ」

リーヴェスはかみしめるように言った。

「これからはシアナが変な遠慮をしたって、もう離さない。……覚悟しといて」

最後の低く艶めいた囁《ささや》きに、心より体が先にぴくりと反応した。ひたひたとリーヴェスの愛情に自分が絡めとられていくような気がする。それはシアナを落ち着かなくさせるけれど、甘やかな愛から逃げる選択肢なんてない。

「……はい」

素直にうなずき顔を上げると、彼は目を潤ませていた。その青色はまるで宝石のように輝いている。口元は弧を描き、彼にしては珍しく、頬も色づいていた。

「なんか……照れるな」

「私もです。だって殿下が……すごくきれいだから」

「それを言うならシアナもだよ。めちゃくちゃかわいい」

「かわいいなんてそんなっ……ぶっ」

突然、リーヴェスに唇をつままれた。もがもが言っている間に、リーヴェスが身をかがめて視線の高さを合わせてくる。

「シアナは最高にかわいいよ。……それより、さっきからずっと俺が我慢してるの気づいてない？」

とぼけて知らんぷりをするには、リーヴェスの瞳の輝きに身に覚えがありすぎる。情欲の色を灯した視線に反応して、シアナの胸も疼《うず》く。それはきっと自分も同じ願望を抱いていたから。彼に触れたい。深いところで繋《つな》がりたい。

「私も……同じです」

そっと囁けば、リーヴェスは晴れやかな笑顔を見せた。

＊＊＊

リーヴェスの体は綺麗《きれい》だ。

細身だけれどしかるべきところに筋肉がついていて、無駄がない。彼のシャツのボタンを一つずつ外すたびにあらわになる肉体に魅入られて、知らず呼吸が浅くなっていく。

「今日はシアナが脱がせて」

そうリーヴェスに言われ、シアナは今、寝台の上で足を投げ出して座る彼の太ももに腰をおろしていた。

寝室の中は明るく、彼の肌のなめらかさとともにいくつか走る傷跡もしっかりと見える。これまで体を重ねた時には気づかなかった、小さなホクロも見つけた。

こんなにも全てが見えるということは……自分も同じというわけで。

（うっ……この後私も脱ぐのか……。こんなに明るい中で大丈夫かな……）

恥ずかしさに耐えられるだろうか。今から気が気じゃない。

「……あの、失礼します」

ボタンを全部外し終わって、シアナはそっとシャツをリーヴェスの肩からすべり落とした。さらけ出された上半身が蠱惑的《こわくてき》すぎて、視線を逃がすようにリーヴェスの表情を窺《うかが》う。さきほどから視線がまとわりついているのは知っていたけれど、恥ずかしくて目を合わせられなかったのだ。

リーヴェスは優しく微笑んでいた。さながら初めてのおつかいを見守る兄のよう……慈愛にこもったまなざしを向けられている。

「だ、だって恥ずかしいじゃないですか！　こんなに明るくて！」

まだ何も言われていないのに、シアナはあわててそう叫んだ。

――だって、本当に緊張しているのだ。

どの時よりも今が一番リーヴェスのことを想っている。心のおもむくままに彼を求めたら、自分がどんなふうになるのか想像もできなくて……。

「じゃあ俺の番」

リーヴェスが声を弾ませながら、シアナのブラウスに手を伸ばしてきた。

「うっ……脱がなきゃダメです？」

「着たままっていうのも燃えそうだけど……それは今度ね」

一つ、また一つとブラウスのボタンが外されていく。リーヴェスがわざとなのかゆっくり進めるから、緊張感があおられて、胸の鼓動がどんどん速くなっていく。彼と同じように ブラウスが肩からおとされて、肌着も同じようにゆっくりと脱がされた。もうこれだけでダメだ。恥ずかしすぎる。

「み、見ないでくださいっ……！」

「無理」

せめて胸を隠そうとしても、リーヴェスに手首をとられて手を開かされる。平均的なサイズの胸の先、そのつぼみがもう期待に色づいている気がして、シアナは目をそらした。その途端、リーヴェスが膝をたてたから、彼の太ももに座っていたシアナの体も浮き上がる。

「ひえっ……⁉」

自然とリーヴェスに抱きつく形になって、素肌が触れ合った。あわててリーヴェスの首にすがりつくと、背中に手がまわされてぎゅっと抱きしめられる。その手はシアナの背中をなぞり、スカートの中にするりと滑り込んでくる。

「……こっちはシアナが先ね」

耳元で囁かれて、いいも悪いも表明する暇もなくスカートが下着ごとおろされた。

「あ、あ……殿下……」

素肌が外気に触れて心もとないことこの上ない。臀部《でんぶ》をなでられて、シアナはびくりと肩を震わせた。抱きつく腕に力をこめて、その柔らかな刺激に耐えようと息を飲む。

「シアナのお尻、柔らかいよね……」

「み、みんな同じだと思いますっ……！」

「ふにふにしてて気持ちいい。胸もいいけど、お尻もいいな……」

こうなったらシアナもリーヴェスのズボンを……と思ったものの、密着したこの状態だとかなり難しそうだ。どうしようと思いながらもリーヴェスのベルトに触れれば、彼はきちんとシアナの意図を察した。

——けれど。

「俺は、ちょっと待ってね」

そんなずるいことを言ってリーヴェスはシアナに顔を寄せてくる。柔らかく触れるキスを何度か。それから、そっと彼の舌がシアナの唇をつついた。口を開いて舌を招き入れると、ありがとうとばかりに優しく歯列がなぞられる。お互いの唾液が混じり合って、薄く開いた唇の端からは溢《あふ》れたそれが顎へとつたった。

「はぁ……んむ……」

耳の後ろに手がまわされて、ぎゅっと隙間ができないように強く唇を押し付けあって。濃厚なくちづけに夢中になっているうちに、リーヴェスの体が後ろに倒れた。そのままシアナも一緒に体を横たえ、二人で抱き合いながらキスを続ける。ズボンの下でリーヴェスの雄がかたくなっているのが感じられた。彼が自分に興奮しているという事実に胸が高鳴る。そしてそれは自分も同じ。シアナは少しだけ体を浮かせて、かたい胸に触れてみた。

そっと指をすべらせると、リーヴェスもぴくりと反応を示した。

「シアナ……」

切ない声音とともにリーヴェスの体が離れる。ただ、それを寂しいと思う間もなく、改めて肩を押されて天蓋が視界に入った。

「もう全部、脱ごうね」

「あ、殿下っ……」

全てはぎとられて、がばりと足を開かれる。秘所が外気に触れ、その刺激に腰が震えた。

「ん」

リーヴェスが足の間に体を入れ、顔を寄せてくる。目のふちを赤く染めて何か言いたそうに見えたけれど、結局無言のままシアナの頬にくちづけた。目尻に、まぶたに、額にと柔らかく触れてから、首筋を舌が這《は》う感触がする。時折、音をたてて吸い付かれて――。

「……シアナは肌が白いから、しるしが目立っていいね」

リーヴェスがうっとりと呟《つぶや》いた。そのまま唇が鎖骨から胸へと向かってくる。柔らかい髪が肌をなぞり、優しい刺激が淡い期待を色づかせていった。

ぎゅっと胸を持ち上げるようにして、リーヴェスはシアナに微笑みかけてくる。あいている方の指先で胸の先を避けて円を描くようになぞられると、そわそわして落ち着かない。

「まださわってないのに、もう尖《とが》って期待してるもんね。……さわってほしい？」

「そ、そういうこと聞かないでくださいっ……」

だってこんな状態で、期待しない方が無理だ。

好きな人が自分を求めていて、お互い裸みたいなもので……これから肌を重ねるのだと想像するだけで、シアナの下腹部は疼《うず》いていた。じりじりと見つめられているだけで恥ずかしくて、でもその先をしてほしくて……。

「ほら、シアナ。言って」

すっと指がつぼみのふちをなぞる。ひゅっと息を飲んで体を跳ねさせたシアナに、リーヴェスは意地悪く微笑んだ。

「さわって、って言って」

「で、殿下っ……」

「ずっと俺ばっかりがシアナを求めてたから、それだけじゃないって感じたい。……シアナも俺が好きなんだよね？」

「す……好きです……」

「……さわってほしい？」

「さっ……」

好きです、と伝えるだけでも心臓がばくばくしているのに、その言葉はさらに難易度が高い。けれどリーヴェスの期待に満ちた目を前にして、言わないという選択肢もほぼ消え去っていた。

「……さわって……ください……」

ひそやかすぎる声で、シアナは言った。語尾はもう吐き出す息とともに消え去るほどの儚《はかな》さで、顔が沸騰するんじゃないかというくらいに熱い。そして念願かなったリーヴェスの方も、頬を染めて瞳をきらめかせた。

「これ……やばいな……腰にくる……」

はぁ、と艶めいた吐息をこぼして、リーヴェスは約束通りにシアナの胸の先に触れた。そっと指先がかすめただけで、ぴりっと電流が走るよう。必死で声を我慢したけれど、すぐにまたリーヴェスがきゅっと頂をつまんだから、あっというまに嬌声《きょうせい》がもれた。

「あっ……んっ……殿下っ……」

「強いのと弱いのと……どっちがいい？　それとも舐《な》めてほしい？」

「ええっ……それもですかっ⁉」

「だって聞きたいし」

（まだ続くの⁉　恥ずかしすぎる！）

シアナはめまいがしそうになった。一つ伝えるごとに難易度が上がっている気がする。

「そんな……殿下の好きなようにしてください……私……」

「‼」

リーヴェスがばっと口元をおさえて、ふうと息を吐いた。大げさなくらいのリアクションにシアナが首をかしげると、彼は困ったような笑顔を見せた。

「いや……想像以上だなって。……でも、うん、シアナがそう言うなら」

リーヴェスは目を光らせて、シアナに見せつけるように舌を出し左胸の頂をつついた。そのまま円を描くように舐められ、またその尖りを口に含まれる。それだけでも気持ちいいのに、もう片方の乳首も指でいじられて、あっというまにシアナの体の奥に炎が灯っていく。

「あぅっ……そんな急なのはっ……もうちょっとゆっくり……」

「俺の好きにするとこうなるってこと。……ほんとはもっと……色々したいんだけど……」

乳首をくわえながらリーヴェスが話すたび、シアナは身悶《みもだ》えてしまう。冷たい空気の刺激と舌先の濡《ぬ》れた刺激が交互におそってきて、気持ち良くてたまらない。彼は左の胸を十分にかわいがった後、次は同じ愛撫《あいぶ》を右にも与えてくる。

時間をかけて胸を愛されて、シアナの体はひどく火照っていた。早く胸だけじゃなくて、別の場所もさわってほしいと期待に震えてしまう。

「殿下……」

シアナはリーヴェスにしがみついて、腰を震わせた。それが彼の目には誘っているように見えたのだろう。

耳元にキスが落とされた。そのまま耳たぶを食まれ、内側をなぞられる。気持ちよくて声が止まらない。その声を吸い取るように、キスが落とされた。

「んんっ……でん……かっ……」

「はぁっ……」

唾液の交換をするような激しく淫靡《いんび》なくちづけ。シアナの口の端からは溢れた唾液がつたい、口の中がリーヴェスの舌で満たされる。その濃厚なくちづけの最中、リーヴェスの指先はシアナの蜜壺《みつつぼ》を探り始めた。

「ああんっ」

「……ここ、ちゃんと覚えてる？」

あわいの輪郭をなぞられ、その隘路《あいろ》に指をつぷんと突き立てられて。シアナは「ひゃあんっ」と高く鳴いて、リーヴェスにしがみついた。指一本だけれど確実な異物感。そして多幸感。待ちわびていたとでも言うように、シアナの膣《ちつ》は震えた。

「はぁ……うん……ちゃんと覚えてるみたいだな」

リーヴェスは指を奥に突き立てて小刻みに動かし始めた。いいところを探るように、思い出すように。がくがくと腰を震わせていると、同時にその手前にある花芽も別の指でそっとこすられる。

「ああんっ……殿下っ……そんなっ……激しっ……」

「確かめてるだけだって……」

ぐっと圧迫感が増して、指が増やされたのがわかった。バラバラに動く指が、シアナの膣の中をうごめく。じゅわ、と自分の内側から愛液が溢れるのがわかり、控えめな水音があわいから響きはじめた。リーヴェスの指はきっと今ごろ愛液まみれになっている。そんな想像をすると、また頭の中が快感に染まっていく。

「……すごい震えてる。ここをこうして一緒にいじられるの、好き？」

「あんっ……んんっ……」

「ほら、教えて」

「あっ……好き……好きですっ……」

「……ん、良かった」

シアナの言葉を聞いて、リーヴェスの指の動きが一層激しくなる。リーヴェスが指を抜き差しするたびに、水音は大きくなっていく。腰の奥に響く快感が、そのうち行き場を求めて暴れ出した。

「あっ……やっ……殿下っ……それ以上はっ……」

「それ以上は？　やめてほしい？　……それとも、もっと指増やしてほしい？」

「ああんっ……んんっ……」

どっちがいいのかなんて答えられなくて、喘《あえ》ぎ声ばかりがもれてしまう。いっそ答えさせないつもりなんじゃないかと勘ぐってしまうくらいに、リーヴェスの指がシアナを翻弄してくる。

（もうだめ……気持ちいい……）

「ください……」

たまらなくなってシアナはそう囁いた。ぴたりと指の動きが止まって、リーヴェスが顔をのぞきこんでくる。二度は言いたくない。言いたくないのに……リーヴェスがかたまったまま動かないから、シアナは「……く、ください」とさらに細い声で告げた。

リーヴェスと一つになりたい。

憂いなく抱き合える瞬間を感じたい。

シアナがおずおずと足を広げると、リーヴェスがごくりと唾を飲む音がした。

「……ほんっとうに、シアナって……」

見ればリーヴェスの頬が赤い。その照れた顔がかわいくて、シアナはリーヴェスを出し抜けたような気持ちになって微笑んだ。

「なんか……ちょっと悔しいんだけど」

リーヴェスは口を尖らせつつも素早くズボンをおろし、屹立《きつりつ》を蜜壺の入口にあてがった。はぁ、とお互い息を吐き出して、視線を交わして微笑み合う。

リーヴェスが腰を押し付けてきて、ぐっとシアナの内側が押し広げられていった。

「ふぅ……やっぱまだきつ……んん」

ゆっくりと入ってくるリーヴェスの剛直は、シアナにとってもまだ大きい。自分の内側に感じるたくましいものは異物感の方が強くて、なのにひどく甘い感覚にもなるのだ。

「あふっ……」

呼吸が知らず浅くなって、何かに追い詰められるような感覚がせりあがる。心惹《ひ》かれてどうしようもなく切なくて……。

「シアナ……」

その響きに願いの色を感じて、シアナは手を伸ばしてリーヴェスの頬に触れた。どうしてだろう。彼は微笑んでいるのに、泣きそうになっているように見える。

泣かないで。

そう言いたくなったけれど、彼は笑ってごまかすだろう。だから違う言葉を伝えることにした。

「好きです。……これからは、ずっと一緒です」

びくん、と自分の中にあるリーヴェスのモノが震えた。一拍遅れてリーヴェスも眉を下げて微笑む。

「……すごいな」

リーヴェスは息を震わせた後、急にシアナの背中に手をまわした。繋がったまま体を起こされ、わけもわからないまま従う。座るリーヴェスの上にまたがるような体勢になって、ずんと彼の屹立がさらに奥へと穿たれた感覚がした。

「んっ……」

さきほどより隙間なく埋まっている気がして、シアナは眉を下げてリーヴェスを見つめた。彼は微笑み、頬にくちづけてくる。

「シアナに出会えて、本当に良かった。……俺はずっと、一人だったから」

どんなに人に囲まれていても、本当の意味で彼を知る人はいない。自分だけが未来を知っていて、それに一人で抗おうとしていたのだ。

その孤独な戦いをシアナは想像することすらできないけれど……リーヴェスの言葉の重みを受け止めたくて、抱きしめる腕に力をこめた。

「シアナが俺に協力してくれるって言ってくれた時から、俺の世界は変わったんだ。……絶対なくしたくないって思ったし、絶対……生きたいって思った」

「……私もです。殿下を助けたかった……」

これまでにあったことを思い返せば、つらいことだって浮かび上がる。それがあったから今こうして抱き合っていられると思うには、痛みが強すぎるけれど、それでも――。

「きっと……願いは叶《かな》ったと思います」

ここからは新しい世界が広がっている。原作には描かれていない、新しい未来だ。大海に生身で投げ出されるような不安はあるけれど、リーヴェスがそばにいれば、シアナは前を向いていける。彼が自分を想ってくれるように、シアナも彼を想っているから。

(心の中では簡単に言えるのに)

どうして言葉にしようとすると詰まってしまうのだろう。

溢れそうな想いが涙になって、シアナの頬をつたう。ひくっと小さくしゃくりあげたことに気づいたのか、リーヴェスはそっと顔をのぞきこんできた。その瞳は今度こそ潤んで、それこそラピスラズリの宝石のような美しさだった。

「……愛してます」

声が震えるのはどうしようもなかった。言った瞬間に目をそらしてしまうくらいに恥ずかしくて、シアナはぎゅっとリーヴェスの肩口に顔を押し付ける。

「シアナ……もう一回言って」

「む、無理です！」

「……じゃあ、顔あげて」

「それも……待ってください」

いやいやと力をこめていたけれど、リーヴェスは「待てない」と言うなり体を動かした。彼の瞳からは一筋の涙がこぼれている。

「シアナ、……俺も愛してる」

なんて綺麗な涙だろう。透明な筋が陽の光を受けてきらめいている。けれどその美しさもすぐににじんでいった。目頭が熱くなって、ほろほろとシアナの目からも涙がこぼれる。

どちらからともなく唇を寄せ合って、触れた瞬間に幸せが弾ける。

そのキスはこれまでにない多幸感に包まれたものになった。いつまでもこのままでいたい。シアナがキスに酔いしれていると、ぐっと自分の内側の圧迫感が増した。

「あんっ……」

「……ごめん、もう……動く」

そうだった、彼を受け入れたままだったと思い出すとともに、ぐんっと突き上げられる。その突然の刺激にシアナは背をのけぞらせた。この間とはあたる場所が違って、また違う気持ち良さが湧き上がる。

「ひゃんっ……あっ……殿下っ……」

「シアナっ……好きだっ……愛してる……！」

はじめからトップスピードで揺さぶられて、シアナの目の前には星が散るようだった。その動きの激しさについていくので精一杯だ。リーヴェスにしがみついて、ひたすらに嬌声をあげ続けて……。目の前にリーヴェスの欲に溺れた表情があるのも目に毒で、シアナの体の芯から快感がかけあがる。しかも耳元では彼が色気をにじませて喘ぐから、どんどんシアナも高みに押し上げられていった。

「あっ……シアナ……シアナ……！　もう……！」

リーヴェスの呼吸も荒くなってきて、シアナもぎゅっと中を締め付けた。その瞬間にぐっと奥まで打ち込まれて、熱いものが吐き出されていく。シアナの中が満たされて溢れて……一つに溶け合えた喜びとともに、シアナはまた涙をこぼした。

心を重ねて、体を繋げて。

お互いを求める気持ちに果てはないのだろうか。

抱き合う多幸感に酔いしれて二人にまどろみが訪れても、目が覚めたらまたキスをして、触れ合いたくなる。

もう限界、と思うのに、リーヴェスに甘く体を開かれると、歓びがあふれて――。

そうして二人は誰にも邪魔されることなく、長い時間をかけて、心のおもむくままに体

を重ねたのだった。

＊＊＊

——遠くでゆったりとした鐘の音が聞こえ、おごそかに朝を告げる。

シアナはのんびりと身じろぎしてから、まぶたを開けた。カーテンの隙間から差し込む朝日で、室内はほのかに明るい。その優しい光の中で焦点を合わせていくと、自分をのぞきこんでいる青い瞳と目が合った。

「えっ……でっ、殿下っ……？」

まだ眠っているだろうと思っていた。驚きに目を見張るシアナの頬にふれて、彼は目を細めた。

「おはよ」

「起きてたんですか？　いつから……？」

「ちょっと前だよ。目が覚めてシアナがいなくなってたら嫌だったから」

こうして彼の腕の中で眠るのは三回目。

一回目は、リーヴェスの気持ちと立場の違いに臆して逃げ出した。

二回目は、罪悪感と危機感からやっぱりここにいてはいけないと思った。

けれど……。

「そんなことしません。だって……ずっと一緒って約束しましたから」

昨日交わした想いが、約束が、シアナの心に溶け込んで新しい何かを作っていた。これまでの迷いも不安も包み込んで、前を向かせてくれる。

リーヴェスはとろけそうな笑みを浮かべると、シアナに優しくくちづけた。

柔らかくて、あたたかくて、愛しくて。

こんなにも穏やかにリーヴェスと朝を迎えられたことが、心の底から嬉《うれ》しい。

視線で想いを伝え合って、どちらともなく再びくちづけた。

朝のまどろみの中で何度も交わすキスは、次第に一つの意思を持ったものに変わっていく。ちろりと上唇を舐められたのをきっかけに、シアナは薄く唇をひらいて自分も舌を差し出した。

「……ん……もっと出して……」

言われるがままに舌を伸ばすと、ぱくりとリーヴェスにくわえられた。彼の口内はあたたかい……というよりも熱い。じゅっと吸い上げられて、シアナはくぐもった声をもらした。そのまま濃厚なくちづけを交わしていると、リーヴェスの手のひらがシアナの胸を包み込んでくる。

今はただ添えられただけだけれど、きっとすぐに明確な意思を持って動き始めるだろう。だって、押し付けられた彼の下半身はすでに少し反応していたから。

「……殿下……朝ですよ」

「うん、知ってる」

シアナがたしなめても、リーヴェスは全く気にする様子がない。

「あの、そろそろ起きた方がいいんじゃないですか？　昨日からずっと……その……ここにいますし」

「大丈夫。予定は全部、明日以降にまわしてもらった。シアナもそう聞いたけど？」

「は、はい……休みはもらってますけど……」

「じゃあ決まり」

リーヴェスは言うなり、胸に置いていた手に明確な意思を宿らせた。むに、と揉《も》まれて、シアナはぴくりと反応してしまう。リーヴェスは微笑み、繊細なタッチでシアナの胸を愛し始めた。かすかな刺激でシアナの快感を引き出そうと試みているのか、穏やかな愛撫が続く。

「あ、ちょっと待って……待ってください、殿下ってば……」

「んー……」

リーヴェスは意外にもシアナの言葉に手を離すと、改めて抱きしめてきた。

「……いいよ、待ってあげる。時間はたっぷりあるし。シアナが望むなら、しばらくこうして抱き合ったままでもいいよ。二度寝してもいい。――でも起きるのだけはなしね」

「ええ？　朝の鐘鳴りましたよ……」

「今日くらいいいさ、みんなわかってる。まあでも食事は持ってきてもらおうか。さすがにお腹もすいた」

「そ、そんな感覚ですか……!?」

（みんなわかってる……！　いやでもそうだよね、だって昨日からずっと……）

――これ以上考えると、羞恥心が臨界点を突破する。それだけは確信できたから、頭の隅に追いやった。リーヴェスは目の前で心底嬉しそうに微笑んでいる。今はこのまっすぐな笑顔をかみしめていた方がいい。

「……できるなら、二度寝したいです」

「健全だね。じゃあそうしよ。……でも、起きたらしようね」

「も、もう結構したと思いますけどっ……」

「うん、だからゆっくりする」

あんなに何度も体を重ねたのに、まだ!?　とシアナは目をむいた。

「返事は？」

リーヴェスはにやにやして、シアナの答えなどわかってるとでも言いたげだ。

（イエス以外の返事なんて、受け取るつもりないくせに）

そんなふうに悪態をつきたくなるけれど、それでもこういう少し強引なところも好きなのだ。シアナは力の抜けた笑みで、それに応えた。すかさず触れるだけのくちづけをされて、シアナの胸はあたたかいもので満たされる。

きっとそれはリーヴェスも同じ。

お互いに与え合いながら、ずっと一緒にいられますように。
シアナは自分も腕に力をこめてリーヴェスを抱きしめた。

エピローグ

新しい年の始まりは、雪とともに幕を開けた。

それはひらひらと絶え間なく舞いおちて、王宮を白く飾り立てた。厚い雲に覆われた空も白く、さながら色彩を失った世界のよう。

それに反して王宮内のホールは、華やかな空間となっていた。貴族たちが勢ぞろいして三ヶ月前と同じく整然と並べられた椅子に座り、国王の訪れを静かに待っている。

ただ、シアナの目には前回よりもどこか浮ついた空気がただよっているように思えた。

理由として考えられるのは、三ヶ月前にクーデター派が粛清されたことで、顔ぶれが随分と変わったこと。

あとは、第二王子リーヴェスの隣に唐突に居場所が設けられて、素性もわからない女性――シアナが座っているからというのもあるかもしれない。

この日のために用意された豪奢《ごうしゃ》な椅子に腰掛け、さっきからシアナは浅い呼吸を繰り返していた。

（く、苦しい……！　コルセットってこんなに締め付けるものだったのね……!?）

事の発端は今朝、急にリーヴェスの部屋に呼び出されたこと。一体何事かと行ってみれば、彼とともにデボラが待ち構えていたのだ。

「今日の議会は特別だよ。シアナを皆に紹介する」

「え？　……紹介⁉」

「着付けはおまかせください！」

「ちょ、ちょっと待ってください、急にそんな……」

慌てふためくシアナにかまわず、リーヴェスはさっさと部屋を出て行ってしまい、あとに残ったのはやる気をみなぎらせたデボラだけ。彼女は春の空のような薄い水色のドレスを手に、満面の笑みを浮かべていた。

「シアナ様の白い肌にはこの色が似合うだろうって、殿下がお選びになったんですよ。私もそう思います！」

「デボラさん、ちょっと待って……」

「大丈夫、絶対に綺麗《きれい》に仕上げます！」

「いや、ですから……」

ことの次第についていけないままコルセットを締め上げられ、シアナは生まれて初めてドレスを身につけることとなった。絹の繊細な感触も、ふわりとした袖も、ウエストから裾までのふわりとしたドレープの美しさも、全てこれまで別世界のものだと思っていたものばかり。明らかに長さが足りない髪はデボラの驚異的な技術によりまとめあげられて、大輪の白い薔薇《ばら》の飾りがつけられた。そうして仕上がった自分はまるで別人だ。

（待って、これ本当に私……？　っていうか、それより議会に私が行くの⁉）

今日の議会が特別重要なものであることは知っている。それだけに自分が同席して、あまつさえ紹介されるなんて、まるで心の準備ができなかった。けれどリーヴェスに笑顔で押し切られてしまい、この場にいるというわけだ。

（落ち着いて……とにかく静かにして、まわりをよく見ておかないと……）

そもそもこの議会は、原作で言えばリーヴェスが国王を殺す議会だった。その流れを打ち砕いた今、新しく宰相に就任した貴族によって三ヶ月前のクーデター未遂の事後報告が続いている。

少しずつコルセットの締め付けに慣れてきたシアナは、息をひそめて宰相の報告を聞いた。次に話し合われたのは、ユルへの外交戦略の転換についてだ。国王が強硬路線をやめて協調路線へと舵《かじ》をきると宣言した時、一瞬ホール内が静まり返った。

国王は三ヶ月前と変わらず、人の上に立つ者としての威厳に満ちていた。ホールを見回す眼光は鋭く迫力がある。

表向きには何も変わってはいない。

けれど国王にとっては、リーヴェスに殺されることなく人生が続くのは初めてのこと。これまで何度も繰り返してきた原作にはない世界。――全てを自分で決めて、自分で責任を負う日々が始まるのだ。

（国王陛下自身が外征に疑問を持っていてくれて良かった……）

国王は原作に流された生き方をしながらも、国がそれにより疲弊することに少なからず罪の意識を持っていたそうだ。それが今回の方針転換に繫《つな》がったのだ。

国王の宣言に息をつめた貴族たちは、すぐさま動揺を浮かべた表情に変わっていった。一気にホール内に困惑の声がさざめく。皆どこか不安そうなのは、これまでの国王の頑なさを知っているからに他ならない。

何がなんでも外征だけは譲らなかった国王が、その意志を曲げるなどあり得るのだろうか。おそらくほとんどの貴族たちはそう思っているのだろう。

けれど、国王がそうだと言えばひとまずは頭をたれることが彼らには染みついていた。国王の演説の後、ユルに対して和平交渉を進めるという方策は、拍手とともに迎え入れられたのだった。

「ここからは自由な世界だな」

リーヴェスに小声でそう囁《ささや》かれて、シアナはじわりと涙をにじませながらうなずく。

彼が『裏切りの王子』という汚名を着せられる世界は失われた。

リーヴェスの晴れやかな表情がぼやけてしまいそうで、あわてて目尻をぬぐう。

「泣くのはまだ早いよ。本当に大事なのはこれからなんだから」

「え？」

リーヴェスはにっと笑うと立ち上がり、シアナに手を差し出した。

（ああ、いよいよ始まる……）

緊張に身をこわばらせながら、シアナはリーヴェスの手に自分の手を重ねた。お互いに正装ということで白い手袋をはめているから、握り締められた感触がいつもと違う。自然とシアナも立ち上がることになり、腰に彼の手が回された。

「さて、諸君。今日は俺からもう一つの報告があるんだ」

世間話をするような気軽な口調で、リーヴェスが言った。

ホール内はざわつき、貴族たちの注目はリーヴェスとシアナに集まる。彼らの視線が突き刺さり、シアナの腕に鳥肌が立った。一人一人の視線が合わさって、とてつもない圧力を感じる。もしもリーヴェスが支えてくれていなかったら、へたりこんでいたかもしれない。

彼はさすが、注目されることに慣れていた。

場をゆっくりと見渡した後に、三ヶ月前の騒動の時のシアナの功績を話題にあげて、シアナがいかに国の危機に対して尽力したかを滔々《とうとう》と語った。まるでシアナが一番の立役者とでも言わんばかりだ。貴族たちを説得させるためには大げさなくらいでちょうどいい。事前に聞いてはいたけれど、あまりにも誇張されて身がすくむ思いだ。けれど、ここで自分が自信がなさそうにしてはいけないと、シアナは震えそうになる足に力をこめた。

貴族たちはいつのまにか居住まいを正し、リーヴェスの力強い言葉を聞いている。

言うべきことを全て言った後、彼はその口調を再び軽妙なものへと改めた。

「実はそんな彼女と添い遂げたいと思っているんだ」

まるで貴族たちを親しい親戚として見ているかのような、楽しげで多少の恥じらいのある言い方だった。

前段までと打って変わった雰囲気に、シアナは思わず声をあげてしまった。

「なんでシアナが驚くわけ？」

じっとりとした目で見つめられたけれど、あまりに軽い言い方に衝撃を受けたとは言いづらい。

平民出身の魔術師が、この国の第二王子と婚約。

最初はきょとんとしていた貴族たちも、その内容を嚙《か》み砕くにつれ、驚きを口にする。

一度は静まった場がまた激しく揺れた。

「ふふ、びっくりしてる」

リーヴェスは身をかがめると、シアナの耳元で囁いた。彼は声を弾ませてわくわくしているようだが、シアナの心中は全くの反対だ。

「も、もっとかしこまった言い方の方がいいんじゃないですか……？」

「大丈夫。伝わるのが大事」

「そういうものですか……？」

（あああほら、奥の席の貴族とか、めちゃくちゃ顔しかめてる！）

王族との婚姻はそれなりの爵位や、外交上のメリットがなければならない。その慣習が破られる日が来るなんて、貴族たちの意識には全くなかっただろう。彼らの困惑が見えるようだった。

手放しで祝福されるなんて思ってはいなかった。ただ、実際にその空気感を感じるとなかなかに堪える。ぐっと唇をかみしめて、大丈夫と言い聞かせて――。

「愛してるよ」

そんな心の隙間を埋めるように、耳元ではっきりと確かな声が響いた。

「なっ……なんですか、急に」

「へこたれそうな顔してたから」

見るとリーヴェスはあっけらかんと笑っている。その笑顔を見ていると、こわばった心がほぐれていくようだった。シアナは自分を奮い立たせるように、こぶしを握りしめた。

「これくらい大丈夫です」

「頼もしいじゃん。――そうだよ、何があっても俺が全部守るから。シアナは安心して俺のこと愛してて」

なんて殺し文句だろう。そしてなんて……心強い言葉だろう。

その甘さに包まれて周囲の雑音なんて聞こえなくなった。

「私の考えも同じだ。彼女が私たち王族に寄与したものは大きい。そして願わくは、忠臣たる皆には二人の婚約を祝福してほしい」

国王も口添えしたことで、貴族たちが発する気配が明らかに柔らかく変化していく。彼らにとってやはり国王の言葉は、なによりも重いようだ。最初はさざなみのようだった拍手が次第に大きくなっていった。

「もちろん私もだ。弟がこうして真実の愛をつかんだことは、アルニム王国のさらなる発展の礎となるだろう」

ティハルトもそう表明し、それが場の空気を決定的なものにした。

「ほら、なんとかなるって言ったでしょ。——だめ押しにキスでもしとく？」

リーヴェスのいたずらっぽい言い方にシアナはふきだして、首を横に振った。もう完全に不安は消えていた。いつのまにか体の震えは止まり、微笑みを浮かべる余裕もある。

「それは二人きりの時に」

誰にも聞こえないように囁けば、リーヴェスはとろけるような笑みを浮かべた。

＊　＊　＊

長かった冬が少しずつその影を薄くし、春の渡り鳥の鳴き声が聴こえてくるようになった頃。

その日の朝、シアナは温室に着くなりハーブの採取を始めた。前日にティハルトからいくつかのハーブが必要だと頼まれたのだ。同僚と挨拶を交わしながら、目当てのハーブを抜いて籐《とう》かごに入れていく。そうして温室内をまわっていると、足音が近づいてきた。

シアナが振り向くと、予想通りリーヴェスが大きなあくびをしながら向かって来ていた。騎士団の隊服をしっかり着込んではいるが、まだ眠そうだ。ただ、シアナと目が合うなり、その瞳に確かな光が宿った。

「もう、一人で先に起きないでって言ってるのに」

開口一番の文句に、シアナは思わず苦笑いがもれた。

「……声はかけましたよ？　でも気持ち良さそうに寝ていたので……」

「そういう時はゆすってでも起こしてって言ってるじゃん。朝起きてシアナがいないの、ほんっと無理なんだから」

リーヴェスは口を尖《とが》らせ、腕組みまでしてむくれている。

（あ、完全に拗《す》ねてる……）

もともと顔に感情が出やすいタイプだとは思うが、ここ最近でさらに加速している気がする。でもそれはシアナも同じこと。

――議会で大々的に婚約を発表し承認されたあの日から、シアナの生活は激変した。

一番大きな変化としては、毎晩リーヴェスと過ごすようになったことだろうか。

もともとは彼の婚約者として王宮内にシアナも部屋を与えられ、結婚式が済むまでは各々の部屋で眠るという手はずだった。ただ、リーヴェスときたら暗躍のローブを使って、毎晩のようにシアナの部屋に忍び込んで来るのだ。

もちろん近しい人たちにはすっかりバレていて、暗黙の了解のもとで見守られている。

デボラが毎朝当たり前のようにシアナの部屋にリーヴェスを呼びに来るのが最たるものだ。最近のシアナは、もういっそローブなんて使わなくてもいいんじゃないかとすら思っている。

昨晩のリーヴェスは随分と遅い時間にやって来た。かなり疲れた様子だったから、少しでも長く眠らせてあげたいと思ったのだけれど、彼からしてみれば余計なお世話だったようだ。

あながち冗談でもなさそうな雰囲気に、さすがにシアナも罪悪感が湧いてくる。

「すみません、次はちゃんと起こしますから」

素直に謝ると、リーヴェスも溜飲《りゅういん》を下げたのか腕組みをといてうなずいた。

「それで、シアナの今日の予定はなんだっけ？」

「えーと、この後はティハルト殿下の研究室で手伝いをして、午後はテーブルマナーの講習です」

「うんうん、デボラが今日も着付けを張り切ってるから楽しんで」

リーヴェスが少しだけ伸びて肩につくようになったシアナの髪をすくった。さらさらと薄い茶色の髪が目の端できらめき、その向こうに彼のきれいな顔がある。

「うう……頑張ります……！」

現在シアナは魔術師として働くかたわらで、絶賛花嫁修業中なのである。身分を超えた婚約だからこそ、まわりを納得させるために身につけるべき教養がたくさんある。苦労する場面も多いが新しい知識を得ることは純粋に楽しく、コルセットをつけドレスを着ることにも少しずつ慣れてきた。

また、魔術師としてもスキルアップが必要だとティハルトに言われて、彼の研究を手伝いながら密度の高い座学も受けている。曰《いわ》く「魔術師協会でしかるべき地位を与えれば、頭のかたい人たちへの牽制《けんせい》にもなるでしょう」ということだ。ティハルトの教育はかなり熱が入っていて、こんなにも情熱的な一面を持っているのかとシアナは驚いたのだった。

「そういえば兄上から伝言。プルフェンの葉も追加だって。——これでわかる？」

「はい、承知しましたっ」

ティハルトから受け取っていたリストにその名前を書き込む。今で半分くらい集めているから、あと半分。そろそろ作業に戻らないと、約束の時間に間に合わなくなってしまう。

「あの、殿下」

「うおっほん」

わざとらしい咳払《せきばら》いが返ってきた。『そうじゃないよね？』という含みを感じて、シアナは唇をしめらせる。

「……リーヴェス様」

「様もいらないってば」

殿下と呼ぶのはやめてと言われたのはいつだっただろう。おそらく二人で朝を迎えることにお互い慣れてきた頃か。珍しく照れた表情の彼にそう求められ、シアナも張り切ってうなずいたのだけれど——実際に名前を呼ぶたびに照れてしまって、まだ定着には至っていない。

「それはさすがに……」

「ベッドの中ではたまに呼んでくれるじゃん」

「殿下！　朝の訓練の時間では!?」

「あ、また戻ってる」

「不可抗力です！」

突然何を言い出すのか。シアナは真っ赤になってリーヴェスの背後にまわると、温室の扉へ向かって背中を押した。

「私も作業に戻りますので。また続きは夜に——」

「ベッドの中で？」

「もう！」

楽しそうなリーヴェスの笑い声が温室に響く。その無邪気な様子が微笑ましいけれど恥ずかしい。完全に彼の手の上で転がされている。けれどこんなやりとりこそが求めていた幸せだとシアナは知っていた。

何気ない会話をすること。

未来の予定を作ること。

そして、お互いに笑い合うこと。

リーヴェスは素早くシアナの頬にくちづけをしてから、名残惜しそうに言った。

「ごめんごめん。――じゃあそろそろ行くよ」

「はい」

そう答えながらも、リーヴェスがいざ離れていくと思うと少しだけ寂しい。一緒にいる時間は目に見えて増えているはずなのに、この想いに果てはないようだ。こうして彼への深い恋心に気付くたびに、自分の心ながらまだ未知の部分があることに驚く。

「……そんなふうに見られると、訓練とか全部投げ出して部屋にこもりたくなるな」

「えっ⁉　そんなふうってどんな……」

「まだ一緒にいたいって顔。……どう？　当たってる？」

「ちっ……違います！」

「そうなの？　残念だなぁ」

シアナの強がりなんてリーヴェスはお見通しなのだろう。余裕の笑みを浮かべ、再びかすめるようなくちづけを――今度は唇に落としてきた。

「‼」

「また夜にね」

ああ、本当にこの人には叶《かな》わない。シアナは頬を熱くさせながら、朗らかに笑うリーヴェスを見つめた。自由を手に入れた彼は、これまでよりもずっと輝いて見える。

その輝きにいつまでも寄り添っていたい。それだけじゃなく、自分も彼の隣に立っていられるだけの光が欲しい。

シアナは幸せと決意をかみしめて、その後ろ姿を見送った。

後日談　小さな嫉妬と甘いキス

その日、シアナは朝から魔術師協会内にあるティハルトの研究室に呼ばれていた。リーヴェスと婚約して三ヶ月。つまり、ティハルトから魔術の指導を受けるようになって同じ期間がたった日のことである。

「試験をします」

シアナが研究室に入るなり、ティハルトは宣言した。最高位の魔術師の証である濃紺のローブを着た姿から、普段以上に威厳と迫力を感じる。

「……えっ、今からですか⁉」

「そうです」

なんて不意打ちだ。てっきり昨日考えていた秘薬のレシピを試してみるものだとばかり思っていた。緊張で心臓がうるさく鳴り始め、それを抑えるように自分の濃緑色のローブのあわせをぐっと握る。

（いつかはって言われてたんだし、それが今日ってだけよ）

魔術の知識はかなりついて、魔力のコントロールもだいぶ上達したはずだ。リーヴェスにふさわしい婚約者になる。そのための努力が試される時がきたのだ。

「そんなに身構えなくて大丈夫ですよ」

よほどシアナの表情がかたかったのだろう。ティハルトは柔和な笑みを浮かべ、机の上の光花を指した。

「これに魔力を注ぐだけです」

「え……？」

そんなことならば何度もしている。今更どうしてそんなことを……と思った矢先、ティハルトは楽しそうに目を細めた。

「ただし花全体に魔力を注いではいけません。上部だけ魔力の色がつくように……繊細な調整が必要です」

「上だけ……」

なるほど、それならば試験内容として納得だった。普段からティハルトは魔術師の実力を決めるのは、魔力のコントロールができるかどうかだと言っているから。

シアナは光花の前に立つと、右手をそっとかざした。指先がほのかな熱をはらみ、魔力が光を紡ぐ。

（勢いはいらない。優しく、ほんの少しだけ――）

息を殺して、目の前の光花の花弁に指先で触れる。多すぎず、少なすぎず――慎重に魔力を注ぐ。ティハルトの指示通り、触れた部分を中心に丸い花が淡い水色に染まっていく。三分の一ほど色づいたのを見て、ティハルトが満足そうに微笑むのが見てとれた。

(色の範囲はきっとこれで大丈夫。あとは十個全部成功させること)

とは言え、これまで一気に魔力を注いで花全体を色づかせたことしかなかっただけに、かなり神経を使う。全てを済ませた瞬間、シアナの額にはうっすらと汗がにじんでいた。

一個だけ勢い余って半分ほど色づいた花が出てしまったが、初めてにしてはうまくできたのではないだろうか。

期待をこめてティハルトを窺《うかが》うと、彼は花を検分した後にうなずいた。

「及第点です」

「良かったぁ……」

「魔力の扱いがだいぶ上手になりましたね」

「ありがとうございます!」

「この調子でいけば本試験も通るでしょう」

「え」

本試験、とは?

シアナは思わず聞き返さずにはいられなかった。

「もちろん、あなたの昇級試験です。本番は私以外の魔術師も立ち会いますからね」

「ええっ……そんなおおごとなんですか……!」

「高位の魔術師になるということは、そういうことです。結婚式までに、相応の地位まで上がってきてもらわないと」

「で、できるかなぁ……」

　リーヴェスとの結婚式は秋が深まった頃に行われることが決まっている。彼とともに指折り数える日々を過ごしていたけれど、一気に残り期間が緊迫感を伴うものになりそうだ。

「ちなみに、今やったことも試験内容なんですか？　他には？」

「おいおい伝えますよ。……ところで結婚式の準備は順調ですか？」

　唐突にそれまでの真面目な視線が和らぎ、シアナを労わるような色がにじんだ。かたくるしい話はここまでと言いたいのだろう。

「順調、だと思います。今はドレスに合わせる装飾品を選んでいるところで……」

「リーヴェスはかなり張り切っているでしょう。ありとあらゆる装飾品を取り寄せていると聞きました」

　ありとあらゆるは言い過ぎだ。けれど、あながち外れているわけでもない。もうどれだけのネックレスやブレスレットを身につけたかわからない。彼が選んだ装飾品は華美なデザインから上品に輝くものまで幅広く、それだけに迷っていた。

「そうなんです、どれも素敵なものばかりで……」

「あなたを自分の手で飾ることに喜びを見出しているのでしょう。そのうち落ち着くと思いますので、申し訳ないですが付き合ってあげてください」

「はい、もちろんです」

シアナとしても装飾品を手にして目を輝かせるリーヴェスを見るのは、心があたたまる時間だった。デボラも苦笑いしながら見守ってくれているから、まだしばらくはあれこれ試して迷う時間が続きそうだ。

「リーヴェスはあなたと出会ってから、いつも幸せそうです」

改まった口調で言うと、ティハルトは微笑んだ。

「……前は一人で思いつめた顔をしている時があったけれど、それがなくなった」

「それは……」

リーヴェスはきっと、自分のたどる運命のことを考えていたのだろう。シアナと出会う前、彼は一人で立ち向かっていたのだから。シアナの予想と同じことをティハルトも考えたのだろう。

「あなたはリーヴェスを救ってくれました。何度も言っていますが、本当にありがとう」

「いえ、そんな……未来を変えられたのは、リーヴェス様自身が強い意思を持っていたからで……」

いいえ、とティハルトはきっぱりと首を横に振った。

「その力の源があなた、ということですよ」

＊　＊　＊

リーヴェスの婚約者としてふさわしい自分になりたい。

目標に向かって励む毎日は充実していて、シアナはこのところ充足感とともに眠りにつくようになった。彼とともに寝台へ横になり、その腕に包まれれば、すぐに眠気がさしてくる。

リーヴェスの首筋に頬を擦り寄せてから、挨拶のようなくちづけを一つ。普段ならそのまま抱き合って眠るのだけれど、ふとしたことを思い出して、シアナは目を開けた。

「あ、そうだ」

「ん?」

同じようにまどろんでいたリーヴェスも細く目を開き、どうしたのと視線で問いかけてくる。シアナは肘をついて上体を起こすと、微笑んだ。

「光花を寝る時にこっちの部屋に運ぼうと思ってたんです。眠る時にあの淡い光はきっと綺麗《きれい》だからってティハルト殿下にも言われていて――」

せっかくだから持って行くといいと言われ、シアナは研究室から光花を運んで来ていた。テーブルに飾りながら晩酌を楽しんだから、次は眠る時にそばに置こう。そう思ったのだけれど、リーヴェスがシアナの腕にふれてそれを制止してくる。

「あれ……どうしました?」

「花はいいよ。また明日の楽しみにしよう」

「え、でも運ぶのなんてすぐですし、明日には多分光は消えちゃいます。……まあ、そうしたらまた魔力を注ぐようにとは言われてるんですけど」

「……また兄上」

リーヴェスがこれみよがしにため息をついて、シアナを見つめた。どこか拗《す》ねた表情に見えるのは、おそらく気のせいではなさそうだ。

（あ、これはもしかして――）

「シアナさ、今日はやけに兄上の話が多かったよね」

自覚はしていなかったけれど、言われてみればそうだったかもしれない。

リーヴェスの言わんとしていること――というより彼の感情にすぐに気づいて、シアナは自分の失態に気づいた。

「昼間の試験の話もだけどさ、兄上のことずっと褒めてるし、機嫌いいし、にやにやしてるし」

「そ、そうでしたか？」

ティハルトに認められたことが魔術師として一つの大きな成果だと感じたこと、彼の魔術への研究心の強さや普段から説明がわかりやすいこと。確かに熱弁をふるっていた気がする。

「……兄上に褒められたの、そんなに嬉《うれ》しかった？」

これは完全に不機嫌な時の声だ。シアナの喉の奥がひくっと震えた。

ティハルトの試験に合格したと話した時は、一緒になって喜んでくれたのだけれど、どうやら風向きが変わったようだ。シアナは何度か瞬いてから、慎重に言葉を選んだ。

「それは……もちろん嬉しかったんですけど、純粋に魔術師としての努力を認めてもらえたことに対してで……」

「シアナが頑張ってるのはわかってるし、もちろん応援してるよ？　でも、他の男が君をそんなふうに喜ばせるのって、ちょっと腹が立つんだよなぁ」

つまりはヤキモチということだ。彼はたまにティハルトに対抗心のような感情を見せることがあるけれど、ここまで直接的なのは初めてかもしれない。

「他の男って……兄弟じゃないですか」

「こういう時は関係ないの。……俺といる時は俺のことだけ考えてて欲しいからさ」

「そんなの大丈夫ですよ。いつもリーヴェス様のことだけです」

今更リーヴェスが不安になることなんて何もない。シアナは心も体も全て彼にささげているのだから。

いつ頃から気にしていたのだろう。しばらくは我慢してくれていたのだろうと思うと、拗ねた表情がやけに健気に見えた。

「……何笑ってるの」

「あ、すみません」

知らず口元がゆるんでいたらしい。改めてシアナはリーヴェスを見つめ、そっと彼の頬に触れた。

「実は……確かに他にもすごく嬉しいことを言われたんです」

「ほら、やっぱり。兄上ってば本当に――」

「私がリーヴェス様の力の源になってるって」

そのままティハルトと話したことをかいつまんで伝えると、リーヴェスは複雑そうな表情を浮かべた。

「……わかってるじゃん」

「私もすごく嬉しかったです。リーヴェス様の婚約者として認めてくれてるんだなって思えて……」

「――そういうことなら、まあ、いいけど」

リーヴェスは言いながらシアナを引き寄せた。一瞬にして空気が和らぎ、彼の心が動いたことを知らせてくれる。

「兄上は、誤解がとけてからはずっとシアナのこと認めてたよ」

「ふふ、ありがとうございます。この調子でいろんな人に納得してもらえるように頑張ります」

「もう十分頑張ってる。俺にとって君は完璧な婚約者なんだから」

「完璧は言い過ぎですよ」

「事実だって。――ていうか兄上からの褒め言葉は素直に喜ぶのに、俺からのは否定するの？」

「そういうわけじゃないですけど……」

「じゃあちゃんと受け取るように」

「……はい」

よろしいと言ってリーヴェスは満足そうに微笑んだ。今日はとことんティハルトを意識する日のようだ。いちいち張り合う姿がかわいくて、愛しさが募る。シアナは彼を抱きしめる腕に力をこめた。

「……その話こそ一番にしてくれれば良かったのに」

しばらく無言でいた後で、リーヴェスがふと呟いた。

「だって、自分から言うなんて……恥ずかしいじゃないですか」

「事実なんだからいいでしょ。シアナはいつだって俺の支えだよ。……君なしじゃもう、多分、生きられない」

「っ！　またそういう大事なことを、そんな簡単に……」

言い募ろうとして、リーヴェスが顔を寄せてきたことに気づく。その意図がわかったから、シアナは言葉を止めて目を閉じた。途端に唇に感じるのは、柔らかい感触。リーヴェスにとってキスは、会話を止める方法の一つなのだろう。まったくもうと思わなくもないけれど、シアナだって毎回喜んでしまうのだから仕方ない。条件反射のように舌を受け入れて、お互いに夢中になって絡めあった。

「……愛してるよ」

キスの合間に囁かれ、シアナはハッと目を開けた。

「……さっきの言葉、冗談じゃないからね？　いつも言ってることだけど……シアナがいるから、俺は俺でいられるんだ」

震える吐息と甘く切ない響きから、彼が想いを真摯に伝えようとしてくれているのが伝わってくる。

（急にそんなの……ずるい）

先ほどの言葉と合わさってシアナの心を満たし、目尻に涙が浮かんでしまう。自分にとっても彼は生きる希望であり、全てだ。そう伝えたいのに胸がつまって言葉が出ない。

だから――。

「私も……愛してます」

その一言に全てをつめこんで、あとはもう彼のくちづけに応えることに集中した。

リーヴェスが自分に注ぎ込んでくれる愛情と同じだけ――それ以上の気持ちを込めて。

いつまでもこうしていられるよう、願いを込めて。

あとがき

はじめまして、七篠りこと申します。このたびは本書を手にとってくださり、ありがとうございます。第五回ムーンドロップス恋愛小説コンテストで竹書房賞を受賞させていただき、こうして書籍化の機会をいただけました。

この話は「悪役令息ものを書いてみよう」と思いついたところから始まりました。元々スリルのある話が大好きなので「途中ハラハラするけど最後には大団円の物語を！」とプロットを立てました。そうして勢いよく書き始めたものの、実はキャラクターが定まるまでにかなり試行錯誤しました。リーヴェスが騎士で寡黙だったり、シアナも庭師で冷静沈着な性格だったり、ファルカが包容力ある先輩だったり……色々なパターンを書いたと思います。だからか、それぞれの人となりが自分の中で決まった時にはホッとしました。

言葉が軽いと思われがちなリーヴェス、頑張り屋のシアナ、そしてあまのじゃくなファルカ。そんな三人はいかがだったでしょうか。少しでも皆さんの印象に残る部分があったらいいなと思います。

今回の書籍化にあたって、加筆修正とともに新たなエピソードや後日談を追加しています。普段後日談をあまり書かないのですが、ひたすら甘い話が書けるのも良いものだなぁと思いましたし、彼らの新たな一面を発見できた気がします。どうか楽しんでいただけますように……。

本書は多くの方のお力添えがあって作り上げることができました。

担当のN様には大変お世話になりました。誠実で的確なコメントには、いつも目が覚める思いでした。大事なことに気づかせてくださり、ありがとうございました。

また、SHABON先生が主役二人とファルカを、そこに息づいているかのように魅力的に描いてくださり感激しています。ファルカも思い入れのあるキャラクターだったので、挿絵でその姿が見られて嬉しかったです。本当にありがとうございます。

改めて選考に関わってくださった皆様、編集部の皆様、出版に関わってくださった全ての方にお礼申し上げます。

そして、いつも執筆を見守ってくれる家族、色々と励ましてくれた友人たち、あたたかい感想をくれた皆様、本書を手にとってくださった皆様……感謝してもしきれません。たくさんの方の支えがあって執筆できているのだなとひしひしと感じています。そのことを胸に、これからも頑張っていきたいと思います。最後までお付き合いくださりありがとうございました！

七篠りこ

★著者・イラストレーターへのファンレターやプレゼントにつきまして★
著者・イラストレーターへのファンレターやプレゼントは、下記の住所にお送りください。いただいたお手紙やプレゼントは、できるだけ早く著作者にお送りしておりますが、状況によって時間が掛かる場合があります。生ものや賞味期限の短い食べ物をご送付いただきますとお届けできない場合がございますので、何卒ご理解ください。
送り先
〒160-0004　東京都新宿区四谷3-14-1　UUR四谷三丁目ビル2階
（株）パブリッシングリンク
ムーンドロップス 編集部
○○（著者・イラストレーターのお名前）様

裏切り王子と夜明けのキスを
原作では断罪される予定の彼ですが、今のところ私を溺愛するのに夢中です

２０２２年6月１７日　初版第一刷発行

著………………………………………………………… 七篠りこ
画…………………………………………………………SHABON
編集…………………………… 株式会社パブリッシングリンク
ブックデザイン…………………………………… しおざわりな
（ムシカゴグラフィクス）
本文ＤＴＰ……………………………………………… ＩＤＲ

発行人…………………………………………………… 後藤明信
発行……………………………………………… 株式会社竹書房
〒102-0075　東京都千代田区三番町８－１
三番町東急ビル６Ｆ
email：info@takeshobo.co.jp
http://www.takeshobo.co.jp
印刷・製本……………………………… 中央精版印刷株式会社